U0045866

煙花

原作 岩井俊二
作者 大根仁

煙花

輕文學
Light Literature

目次

小時候，我可以在水裡睜開眼睛。

即使不戴泳鏡或蛙鏡也看得一清二楚。

大大小小的水泡在眼前浮沉迸裂。

宛若無聲的煙火。

如果我能夠繼續閉氣，或許就能通過水中，前往另一個世界。

然而，我沒氣了，從游泳池裡探出頭來，看見的是蔚藍的天空與白淨的雲朵。

我從無聲的世界回到充斥著學校鐘聲及嘈雜蟬鳴聲的現實世界。

世界只有一個。

這是理所當然的。

不過，那個夏天——

我確實體驗了另一個……不，不只一個。

我和她一起體驗了好幾個「如果世界」。

風力發電機的葉片，燈塔的光線，沿海的鐵路，以及牆面油漆多處剝落的游泳池。

開啟時會發出鏽蝕聲的鐵門，矗立於Y字路口、樹齡不明的山毛櫸，教室的喧鬧聲……

佇立於腦海浮現的所有景色之中的，是她的身影。

穿著制服眺望大海的背影，在教室中回過頭時的臉龐，游泳時完美的自由式動作，以及身穿浴衣、背對夕陽凝視著我的眼睛……

還有她的哭喊聲。

「典道！」

當時，我確實在親身體驗的「數個世界」中看見了歪斜的景色，聽見了扭曲的聲音。

她的名字是「奈砂」。

如果……那時候……如果……那時候我……如果……那時候奈砂……如果……能夠回到那時候……

沒有如果的世界

老房子的廁所為何總是大清早就這麼悶熱？

每次一進我家狹窄樓梯下方的廁所，就有種被牆壁夾攻的感覺。雖然勉強有個小窗戶，但是幾乎不通風。

因此，雖然時值夏天，坐在馬桶上的我，心境卻宛若蒸籠裡的肉包。

眼前貼著觀光協會製作的月曆，上頭的照片是擠滿了海水浴人潮的茂下海岸景色。不過如此人山人海的茂下海岸，我打從出生以來從未見過。我不敢說這是昭和年代的照片，但至少應該是二十世紀拍攝的。

我用手指撫摸照片上小小的紅色高叉泳衣，打了個呵欠。當我看著照片緬懷昔日美女時，有人猛烈地敲門。

「典道！快點出來！不要因為是返校日就懶懶散散的！」

母親歇斯底里的叫聲響徹四周，原本就悶熱的廁所溫度似乎又上升三度。

真是的，母親這類人為何總是一大早就這樣鬼吼鬼叫？

我滿心厭煩地回答：

「囉唆！我還沒大出來啦！」

母親似乎沒聽我回答就離開廁所前了。

「早餐是昨晚的咖哩！」

這道聲音遠遠地傳來。

我捧著肚子，小聲地喃喃自語：「……別鬧了……」

我一面看著客廳裡的電視播放的全國煙火大會特輯，一面小心翼翼地分開生蛋的蛋白與蛋黃，把蛋黃加在咖哩上。

「真是的，蛋白也一起吃掉！很有營養的！」

母親用成疊的宣傳單敲了我的腦袋一下，又繼續用吸塵器吸地板。

「人家在吃飯的時候，別用吸塵器行不行……」

如果我大聲抱怨，母親鐵定會用兩倍的音量嘮叨我，所以我只能嘀嘀咕咕地埋怨。

對母親的話語充耳不聞，將蛋黃打散，充分和咖哩混合，就是我微乎其微的反抗。

如果有只有蛋黃的蛋，一定會大賣……

我用從小學低年級使用到現在、細小刮痕滿布的湯匙舀起咖哩，放入口中。

嗯～好吃！隔夜的咖哩為何這麼好吃？鐵定是因為在鍋子裡睡了一夜，又和蛋黃攪拌混合，起了驚人的化學反應之故。

『今天全國各地都有煙火大會！民眾最關心的就是天氣……』

電視播放的影像從煙火大會切換為氣象預報，天氣姊姊登場了。畫面上的日本地圖全都是微笑的太陽標記，活像在開玩笑。

我突然想起廁所月曆上的今天——八月一日的日期上寫著「煙火大會」四個字。都已經讀國一了，當然不會再為了煙火大會興奮不已，但我還是覺得這個日子有點特別。

話說回來，氣象預報已經開始，是不是表示我快遲到了？

我連忙扒光剩下的咖哩，把吃完的咖哩盤留在餐桌上，到店門口綁鞋帶。

「真是的，好累喔……為什麼要有返校日啊……」

我一面用舌尖撥動夾在臼齒間的雞肉，一面喃喃自語。

「你已經很幸福了。」

回應的是在店裡保養釣竿的爸爸。他穿著汗衫、短褲加涼鞋，根本不像是服務業應有的裝扮。

我家「島田釣具店」是代代相傳……不，是當漁夫的爺爺退休後閒著沒事幹，所開設的創業二十年，傳統——其實也不怎麼傳統啦，還兼賣雜貨、乾貨及寵物飼料的沒原則釣具店。雖然爸爸承接了爺爺的衣缽，但是我並沒有繼承家業的打算。

「啊？為什麼？」

「因為你……」

爸爸話才說到一半，客廳深處便傳來媽媽的聲音打斷了他。

「典道！吃完以後碗盤自己收！媽和你爸下午要出門，晚餐你自己隨便拿冰箱裡的東西吃！」

用不著那麼大聲嚷嚷我也聽得見啦！

我在心中如此回嘴，卻裝出一副乖兒子的聲音回答：「知道了。」接著，我又詢問繼續保養釣竿的爸爸。

「什麼？你們要去哪裡？」

「帶著破銅爛鐵去茂下神社參加跳蚤市場。」

「是祭典嗎？誰會來啊？」

「這種事值得特地關店……」

爸爸說到一半，便又開始保養起釣竿；我詫異地抬起視線，只見媽媽不知何時站在我的背後。

她面無表情，看起來極為駭人。

「……你說什麼？」

「我出門了！」

察覺大禍臨頭的我立刻衝出店面。

「什麼叫破銅爛鐵！不想來可以不用來！」

我一面想像爸爸把頭搖得像波浪鼓的模樣，跨上了店門前的老舊腳踏車，衝下通往海邊的坡道。

雖然知道很快就會開始冒汗，但是全身沐浴在海風中的這個瞬間實在舒爽至極，令我有一絲絲生在這個小鎮真好的感覺。

茂下町是個擁有老舊漁港和小型海岸的小鎮，海岸之外是一望無際的太平洋，人口……我記得大約是二千八百人左右，絕大多數的居民都住在沿著港口往山地的斜坡興建的房屋裡。

「感覺起來就像比較冷清的尾道，有股寂寥的韻味。」

從前，來自東京的年輕釣客曾這麼說過。

我不知道尾道是什麼樣子，也覺得他這種說法很沒禮貌，不過我無法否定這裡很冷清的事實。

從前這裡是個漁港，更是縣內數一數二的海水浴場，一到夏天便人潮洶湧。然而，自從六年前的震災以來，這個小鎮就完全沒落了。雖然和東北相比，這裡受到的損害較小也無人死亡，但是幾乎全毀的漁港至今連一半都還沒重建好，現在只剩下本地的居民會到海水浴場玩水。

「令人鄉愁油然而生啊。」

那個釣客還說過這句話。鄉愁是什麼意思？雖然不像是嘲弄之意，但也不像是想在這裡定居或常來玩的意思。

至於我自己喜不喜歡這個小鎮，老實說，我也不明白。當然，我覺得東京很酷，但是想不想住在東京又是另外一回事。說歸說，若要問我是否想永遠留在出生長大的茂下町，我又答不上來。

「典道！」

我轉向聲音傳來的方向，只見騎著最新型越野車的安曇祐介從坡道途中的巷子裡衝出來。我和父親是醫生的祐介是兒時玩伴，扣除父母，他應該是我在人生中共度最多時光的人。

「嗨！」

「早！」

我舉起手來打了聲招呼，踩著滑板的純一和騎著滑板車的稔也從另一條巷子出現，加入我們。我們四人衝下坡道，和平時一樣開始聊天打屁。

「今天要賭什麼？」

純一是我們這夥人裡個子最高的，也已經變聲，不過他的心智並不成熟，提出蠢主意的大多是他，既是個開心果，也是個闖禍精。事事都要打賭，說來實在滿幼稚的，但是立即附議是我們這夥人從小學時代就有的不成文規定。

「輸的人去性騷擾三浦老師！」

自從小學四年級以來就停止成長的稔，連「毛」都還沒長出來，但是論人小鬼大的程度，可是我們這夥人中的得分王。他就像純一的小弟，兩人總是一起胡鬧。

「欸，你們不覺得三浦老師的奶子又變大了嗎？」

「你們知道嗎？聽說奶子給人揉，就會變得越來越大。」

「真的假的？」

「她是給誰揉的啊？」

「我也想揉！」

海風吹散這番毫無建設性的日常對話，我們下了坡道在沿海道路上奔馳。

回頭一看，巨大的白色風車並排於山脈的稜線上，葉片緩緩呈順時針方向轉動。

那是前年開始實驗的風力發電機。據說茂下町的海風向來安定，正適合風力發電。

自孩提時代便看慣的景色之中，突然多出這麼大的風車，感覺怪噁心的，不過現在也已經見怪不怪了。

「抄捷徑！」

祐介的越野車從沿海道路直接騎下小石階，奔馳於木棧道上。

「好奸詐！」

「別鬧了你！」

輪胎避震性能較差的我們只能扛著腳踏車、滑板及滑板車走下木棧道，追趕著祐介。

正當我踩住踏板跨上腳踏車的時候，一陣強勁的海風吹來。我循著風向望向大海，只見灘線上浮現一道模糊的人影。

這麼早就有觀光客？

我定睛凝視，人影變得越來越清晰。

白色水手服、膝上裙、辮子。

是同班同學及川奈砂。

雖然距離甚遠，又是背影，但我依然可以清楚認出那是奈砂。

奈砂宛若在海上步行一般，踩著輕柔的步伐走過消波塊。她前進於逆光閃爍的灘線之間的身影，活像電影或連續劇中的女主角。

彷彿唯有奈砂周圍的時間流動得格外緩慢，我無法將視線從她身上移開。

快轉過頭來啊……

正當我在心中如此悄悄祈禱時，「典道！快遲到了！」純一的聲音傳來，我這才回過神來，踩下踏板。

「知道啦！」

我站著踩腳踏車，又看了一次，只見奈砂在灘線蹲下，撿起某樣東西。她對著太陽舉起右手上的那樣東西，由於距離太遠，我看不出那是什麼。

逐漸遠去的奈砂手中的東西，似乎散發出不同於海浪波光的另一種光芒……是我多心嗎……？

「打仔、打仔～！」

「啾！啾！過來～嘿、嘿～！」

「去了！响～！」

明明是返校日，一年中只有除夕和元旦休息的棒球社卻占據了整片操場練球，嘴裡還發出意義不明的吆喝聲。

至於放暑假放到腦袋傻了的學生……也就是我們，則是一面聽著預備鐘聲，一面緩緩走過操場邊前往校舍。腳踏車和滑板車都停在附近的超商停車場裡。

純一輕蔑地說道：

「『打仔』是什麼意思啊？」

「打者？那就說打者啊！」

稔半笑著回答。

「『啾』呢？」

「應該是球吧？」

「那『咻～』又是什麼？」

「誰知道？」

對於足球世代的我們而言，棒球是一種充滿大叔味的昭和年代運動，但是在茂下町裡，由於某商職曾經於甲子園奪冠，至今仍然是棒球比足球盛行。

渾身泥土的棒球社成員拚命追逐滾到腳邊的球。

「都什麼年代了還剃平頭，真是太扯了。」

「打棒球的一定沒女人緣。」

「真不知道怎麼會有人想打棒球？」

雖然嘴上這麼說，但其實我、純一、祐介和稔在小學低年級時，都曾在父母的要求下加入棒球隊。由於我們四個人都無心打棒球，成天拿軟球當足球踢，後來就在教練的安排下「被主動離隊」。我們原本就是兒時玩伴，在那之後，交情更是加深許多。

我們這群人中並沒有領袖存在，但無論是遊戲或話題，通常都是純一起頭，穩附和。不過，他們的言行舉止始終是小學生水準，所以我和祐介最近開始感到有些厭煩。

「你們動作快一點～！」

隨著一道開朗的聲音，三浦老師騎著淑女車從校門往我們的方向過來。豐滿的胸脯搖來晃去，簡直快把白襯衫的釦子給撐破。

「哇～今天也搖很大耶～」

「震度應該有六吧！」

「剛才吊車尾的是誰？」

「純一！」

「滑板要怎麼贏啊！」

純一嘴上這麼說，卻一臉喜孜孜地跑上前去，轉眼間便跳上三浦老師的腳踏車後座。

「喂！別這樣！」

腳踏車龍頭因為突如其來的重擔而搖晃，純一趁機從背後一把抓住三浦老師的胸脯。

「喂！」

三浦老師剎住車，使出一記肘擊。純一閃身避開，跳下腳踏車，在校園裡四處逃竄。

「田島！站住！」

我們哈哈大笑，詢問被腳踏車追著跑的純一：

「純一！是什麼罩杯？」

「JJJJJJJJ，J罩杯！」

純一一面用雙手擺出「J」字形，一面四處逃竄。此時，有個女學生走過他身旁。

是奈砂。

「哪有那麼大！」

純一和三浦老師的腳踏車橫越眼前，但奈砂絲毫不以為意，只是筆直前進，連瞧也沒瞧上兩人一眼。不過，不知道是不是我多心，她的表情似乎有點消沉。

剛才在海邊的身影和現在的表情，讓我覺得奈砂似乎和平時不太一樣，但這個疑惑隨即便被鐘聲打消了。

在返校日特有的那種令人歡欣、害臊又懷念的喧鬧氛圍中，奈砂坐在教室正中央的座位，背後的胖女生詢問她：

「奈砂，妳暑假有沒有出去玩？」

「不，還沒。」

「我下個禮拜要去迪士尼樂園玩！」

「哦？好好喔。」

問什麼「有沒有出去玩」，根本只是想炫耀自己要去迪士尼樂園玩吧！

談笑風生的奈砂看起來與平時並沒有不同。

那麼，剛才閃過的那股異樣感究竟是什麼？

窗邊最後排的座位——整個第一學期，我都是坐在這個座位上看著奈砂。

雖然看到的幾乎都是背影，但偶爾傳遞講義的時候，或是像現在這樣有人找她說話的時候，我就能看見她回過頭來的臉龐。她是什麼時候變得這麼可愛呢……？這種時候的奈砂總是可愛到令我驚訝的地步。

小學五年級時從東京搬來的奈砂，和我看過的茂下町女生有著明顯的不同。

當時我只是個小鬼頭，所以不明白——其實我現在一樣是個小鬼頭——但如今發現奈砂擁有優雅不俗的氣質，充滿都會感。穿制服的時候就不用說了，即使穿著體操服，也散發出與其他女學生截然不同的靈氣……升上國中以後，隨著身體發育，更是……哇！我好噁心！不，可是……她真的好可愛……

「及川奈砂真的好可愛喔！」

「咴！」

坐在前面的祐介突然跟我說話，害我忍不住發出怪聲。

「你幹嘛發出那種聲音？」

祐介立即吐嘈。為了避免被他察覺我的動搖，我用即興笑話回答：

「她姓及川（Oikawa）……所以『喂！好可愛！』（Oi!Kawaii!）」

「……很難笑。」

「話說回來，她哪裡可愛啊？」

「我好想跟她告白喔。」

「那就去啊。」

上國中以後，祐介開始密切關注起奈砂。

當我聽他說他用智慧型手機偷拍奈砂的照片，整理成一個資料夾，每天晚上不看這些照片就睡不著時，我有點嚇到了。不過，老實說，我很希望他把那個資料夾整個傳給我。

「好想趁著暑假期間和奈砂單獨出去玩喔。比如今天的煙火大會～」

「那你就去跟她告白啊。」

「我哪敢告白啊！要是被她拒絕怎麼辦？」

「你問我，我問誰！」

「不然你幫我告白。」

「好……奈砂，祐介說他覺得妳……」

「咦？什麼？」

「是史上第一醜八怪。」

「什麼跟什麼啦！」

「謝謝～」

就在這幾個月以來一再上演的老套戲碼又以老套結局收場時，三浦老師走進了教室。

「好，大家回座位！」

性急的老師沒等散布各處的學生各自回到座位上，便開始說話。

「呃，今天茂下神社有舉辦祭典和煙火大會，我想應該會有很多人參加，和朋友一起去玩的人，別太晚回家。」

稔像是早就在等她提起這件事情，立刻起身調侃：

「老師要和誰一起去？」

不光是性急，而且不擅長說謊的三浦老師露出錯愕的表情。

「咦？」

教室裡一陣譁然，純一又乘勝追擊：

「老師要和男朋友一起去吧？看完煙火以後，要去賓館續攤嗎？」

「田島！你再不節制點，我要告你性騷擾囉！」

「那我也要反告妳權勢騷擾！」

「你夠了沒啊！」

說著，三浦老師下了講台，走向純一。她的胸脯上下彈動。

「妳的奶子煙火是幾吋大的～？」

「田島！」

兩人的追逐戰在哄堂大笑的教室中展開。

那小子的爸媽又要被請來學校了……我啼笑皆非，漫不經心地望著他們的身影，突然發現奈砂正注視著這個方向。

咦……？她不是注視這個方向，而是注視著我……

整個第一學期，我一直看著奈砂，卻是頭一次與她四目相交。

奈砂似乎也知道我察覺到她的視線，雖然面無表情，眼底深處卻潛藏著某種像是想傳達什麼，又像是在追尋什麼的情感。

然而，那僅僅是一瞬間……大約一、兩秒鐘的事，她隨即又移開視線。

我困惑地望著奈砂的背影，但是我們的視線再也沒有交會。

「田島！我今天一定要聯絡你的家人！」

當我將視線轉回仍在大呼小叫的三浦老師和純一身上的瞬間，一道奇妙的光芒映入視野。

掛在奈砂的書桌掛鉤上的菱格包包底部被奇妙的光芒籠罩。

不，不該說是被光芒籠罩，而是包包裡似乎有某種東西散發朦朧的光芒。

那是什麼？

我的視線彷彿被光芒吸走一般，無法移動，直到純一在眼前被三浦老師抓住，我才回過神來。

「嗚～饒了我吧～典道，救我～」

三浦老師輕輕打了純一的腦袋一下，教室裡的笑聲達到巔峰，一年C班的日常鬧劇就此結束。

看著被捉住後頸帶回座位的純一，我再度將視線移向奈砂的包包，但是剛才的光芒已經消失。

咿咿咿咿——巨大的聲音響徹四周。

鏽蝕滿布的鐵門前方是一道油漆幾乎已完全剝落的水藍色樓梯。我兩階併作一階地跑上樓梯，只見飄浮在藍天中的白雲、綠樹和將它們映照在水面上的二十五公尺游泳池，迎接著我和祐介。

祐介丟掉拖把說：

「不打掃沒關係嗎？」

「這是當班打掃游泳池的特權啊！反正游泳社每天都在打掃，我們不掃也沒差吧？」

「說得也是。」

一想到可以兩人獨占寬闊的游泳池，我和祐介便止不住臉上的賊笑。

我脫下體操服，綁緊了校方指定但醜得要命的競技泳褲腰帶，戴上蛙鏡。就在我脫掉布鞋，打算跳進游泳池裡時——

「好燙！」

「真的假的！」

從大清早便受日光直射的池畔變得滾燙不已，光著腳根本無法在上頭行走。

「快下水吧……咦？」

「唔？」

「奈砂？」

我循著祐介的視線望向游泳池的對側。

「啊……」

穿著競技泳裝的奈砂確實就坐在二十五公尺泳道前的起跳台上。

微微隆起的酥胸、腰部至大腿間的圓潤曲線和纖細結實的小腿，吸引了我的視線。

溶入水面的腳掌緩緩擺動，反射的光線搖搖蕩蕩地照亮了奈砂的臉龐。

「她也當班掃泳池嗎？」

「不，只有我們。」

「啊，游泳社……今天有社團活動嗎？」

「誰知道？」

「我要去廁所一趟。」

「啊？為什麼？」

「看到奈砂，我突然想拉屎。」

說著，祐介忽然像棒子一樣伸直了雙手雙腳，邁開腳步。

「我真的搞不懂你！」

眼前一發生預料之外的事就會產生便意，是祐介自幼稚園以來便改不掉的老毛病。

我不記得那是什麼時候的事了，有一次足球比賽中祐介被犯規，要負責罰十二碼球時，裁判哨音一吹，他就立刻奔向廁所。

目送祐介的背影用怪異的動作離開泳池畔之後，我又把視線移向奈砂所在的位置……咦？她在幹嘛？

奈砂把池畔當成床鋪，仰躺著沐浴強烈的日光……盛夏的光線。

吵雜的鳴蟬叫聲反而強調了四下無人的靜謐。

咦？這種氣氛是怎麼回事？我該怎麼做？

留在原地等祐介，顯得有點呆頭呆腦；再說，奈砂應該也察覺到我的存在，要是讓她以為我怕羞而不敢接近她，豈不是很遜？我一面對自己找藉口，一面走向奈砂。

來到相隔兩公尺處，閉著眼睛的奈砂映入眼簾。

閉目微笑的奈砂近在眼前，又似遠在天邊。不知何故，我覺得不能繼續靠近了，便停下腳步。

「……咦？妳在曬太陽嗎？」

我的聲音小得連自己都感到驚訝，但是奈砂卻微微地搖了兩次頭。我刻意清了清喉嚨，再度問道：

「咦？是社團活動嗎？」

「……不是。」

「咦？妳要游泳？」

「沒有。」

「咦？不然要幹嘛？」

「你說呢？」

「……我不知道。」

奈砂一直閉著眼睛。

「我在這裡幹嘛？」

「……」

這種既沒裝傻也沒吐嘈的詭異相聲我實在說不下去，不禁沉默下來。我怎麼知道奈砂在這裡幹嘛？而且，我無法想像她期待的是什麼答案，只能以鳴蟬大合唱為背景音樂保持緘默。

此時，一隻蜻蜓飄然飛過眼前。

蜻蜓輕觸了游泳池水面兩、三次後，便在奈砂的周圍盤旋……不久後，降落在競技泳裝的肩帶上。

奈砂一動也不動，不知有沒有發現。

「喂！」

「幹嘛？」

「停下來了。」

「什麼？」

「白刃蜻蜓。」

「……幫我拿掉。」

「咦？」

「幫我把牠抓起來。」

奈砂對我說道，依然閉著眼睛。

她用的是種不可思議的語調，像是在撒嬌，又像是在溫和地命令我。

抓蜻蜓是我的拿手本領，不過牠停駐的位置實在有點……我戰戰兢兢地走上前去，想當然耳，奈砂橫躺的全身逼近眼前。

游泳課是男生女生分開上，所以我是頭一次在這麼近的距離看著身穿泳裝的女生。這種狀況實在是太香豔刺激了……等等，我到底在想什麼！而且蟬鳴聲好吵！

我微微地撇開臉，朝著奈砂的脖子伸出手。

奈砂略微隆起的酥胸無可避免地映入眼簾，我的指尖隱隱顫抖著。

蜻蜓！現在該專注於蜻蜓之上！

我如此告誡自己，更加伸長了手。當我試圖用張開七公釐的拇指和食指夾住翅膀時……蜻蜓倏然飛走了。

「啊……」

我仰望著轉眼間飛到上空的蜻蜓，奈砂也坐起上半身。

「真遜。」

看著一臉驢樣地追逐蜻蜓的我，奈砂如此笑道。

「吵死了。」

一瞬間，我望向奈砂的臉，但是同時映入眼簾的酥胸又令我心虛，忍不住撇開視線。在這麼近的距離和奈砂說話，或許是上了國中以來頭一遭。

此時，放在奈砂腳邊的圓形石頭……或是球？珠子？之類的物體映入眼簾。

那是個不似天然物的漂亮球體，上頭有難以形容的奇妙圖案。

「咦……那是什麼？」

「哦……早上在海邊撿到的。」

奈砂拿起那個奇妙的球體遞給我。

早上我看見她時，她撿的東西似乎就是這個。這顆和網球尺寸相仿的珠子拿在奈砂的手上時看起來很大，到了我的手中卻顯得小一些。它有一種不可思議的觸感，像是和外觀看起來一樣重，又像是比想像的更重或更輕。

「這是石頭？……還是玻璃珠？」

「不知道，不過很漂亮。」

「哦……」

我舉起手上的珠子透著陽光觀看，不可思議的色調變得更加鮮豔，確實很漂亮。

就在我和奈砂一同觀賞手中的珠子時，喀鏘一聲，鐵門開啟的聲音傳入耳中。我連忙將珠子還給奈砂，快步走回剛才所在的池畔。我邊走邊偷瞄奈砂，只見她目不轉睛地凝視著回到自己手中的珠子。

頂著舒暢表情歸來的祐介喜孜孜地向我報告：

「我拉不出來！」

「啊，是嗎？」

那你的表情為何如此舒暢？我沒有這樣吐嘈，是因為奈砂的身影仍然留在腦海中揮之不去。

『我在這裡幹嘛？』

不知何故，奈砂的話語再度閃過腦海。

然而，祐介完全沒把我明顯流露的動搖之色放在心上，勾住我的肩膀。

「相對地，我想出一個好主意。」

「什麼主意？」

「我們來賭五十公尺誰游得比較快，如何？」

「哦，好耶！」

我完全不明白「相對」在哪裡、「好」在哪裡，但是為了掩飾奈砂的事，我故意裝得興致勃勃。我戴上蛙鏡，站上起跳台，對祐介說道：

「我贏了的話……你要買最新一集《航海王》漫畫給我！」

「哦，好啊。」

「咦？那你贏了的話呢？」

「我贏了的話……就向奈砂告白。」

「啊？」

話一說完，祐介便偷跑，跳入了游泳池裡。我急得高聲大喊：

「喂！搞什麼鬼啊？你太奸詐了吧！」

游了約五公尺，祐介從游泳池裡探出頭來。

「開玩笑的。你是不希望奈砂被搶走吧？」

撲通。

一瞬間，我的心臟猛然一震。

難道這小子根本沒去拉屎，剛才我和奈砂的互動他全都看在眼裡？

「啊？你在胡說什麼？」

「剛才你和奈砂在說話吧？」

祐介一面走上起跳台一面犀利地吐嘈。雖然隔著蛙鏡，但我看得出他的眼神是認真的。

「不，我們什麼也沒說……」

「你也喜歡她？」

「啊？你在胡說什麼？」

「……」

「……」

打破短暫沉默的是奈砂莫名開朗的聲音。

「什麼？五十公尺？」

奈砂發出窸窸窣窣的腳步聲走過來，站上我們身旁的起跳台。

「我也要比。」

「啊？不，這是我和祐介的比賽。對吧？」

「啊，嗯。」

奈砂置若罔聞，站在起跳台上說道：

「你們有打賭嗎？」

「啊，嗯……」

《航海王》倒也罷了，拿告白當賭注的事可不能說出來。不過比起這件事，更令我在意的是奈砂與剛才判若兩人的表情和語調。

「要是我贏了，你們就要答應我的要求。」

「什麼跟什麼？」

「有什麼關係？不管是什麼要求都要答應喔！懂了沒？」

「啊，嗯……」

「好吧……」

其實我和祐介完全不懂，卻被奈砂的氣勢壓過，接受這個莫名其妙的條件。

話說回來，什麼要求都要答應，範圍未免太大。

「那就開始吧。」

奈砂熟練地擺出起跳姿勢。

到底是怎麼回事？為什麼會演變成這種局面？

滿心錯愕的我和祐介面面相覷，聽見奈砂喊「預備」以後，才慌慌張張地擺出前屈姿勢。

「開始！」

三人一同跳入水面。

光是從起跳台飛出去的距離，奈砂和我們便有著天壤之別。從水裡望去，奈砂的泳姿非常標準，和我們之間的差距也越拉越大。我和祐介幾乎是並駕齊驅，只能拚命轉動雙手。

大約領先五公尺的奈砂又以標準的動作翻身蹬牆折返。水泡的另一頭，奈砂甩動辮子，朝著這邊游來。

錯身而過的瞬間，我和奈砂的視線交會了。

早上在教室裡一次，剛才在池畔一次，現在又一次。

奈砂的眼神和眼中蘊含的情感每次都截然不同。這次奈砂的眼神似乎想對我傳達某種訊息。我不知道自己為何這麼想，但我就是有這種感覺。

這時候，我才發現奈砂是裸眼。

咦？這傢伙沒戴蛙鏡耶……

或許因為折返時分心之故，我失去平衡，腳完全擺錯方向。當我暗叫不妙時，已經太遲了。

咚！

「好痛！」

折返時衝出水面的腳狠狠撞上牆緣，腳跟傳來一陣劇痛。當我在水中掙扎之際，別說是奈砂，就連祐介的身影也朝著二十五公尺前方逐漸遠去。

此時，剛才奈砂凝視的珠子混在迸裂的水泡之間，緩緩沉入水中。不知是不是奈砂擱在原地沒帶走，珠子似乎被我的腳撞下來。

我反射性地伸出手，水中的珠子卻突然靜止不動了。

「嗯？」

不光是靜止而已。

它搖晃著開始緩慢旋轉，散發出朦朧的光芒。

珠子就像燈塔透鏡那樣以探照燈形式照亮了游泳池。彷彿整個世界都呈現慢動作狀態一般，珠子慢慢地往下沉。

「咦？」

這是什麼？……是珠子反射射入水中的陽光產生的現象嗎？

我在無意識間伸出手來抓住珠子，珠子立即停止發光。

同時，我覺得喘不過氣，便把頭探出游泳池，卻看見先一步抵達終點的奈砂和祐介正在說話。

那小子該不會真的告白了吧？

我拿著珠子，再度開始游自由式。

我奮力游完全程，從水面探出頭來，只見走到池畔的奈砂頂著潮濕的臉龐俯視著我。祐介呢？我如此暗想，往旁邊一看，發現他面無表情地沉入水裡。

「喂！」

我連忙靠過去想拉他上來，又想起自己手中的珠子。奈砂似乎也發現了，朝我伸出手。

「還來。」

「咦？」

一瞬間，我不明白她的意思，如此反問。

「那是我的。」

她用比剛才更為強硬的語氣說道。

她剛剛才拿給我看過，我當然知道這是她的。不過，這東西有這麼重要嗎？

我雖然感到詫異，還是將珠子輕輕放回奈砂伸出的手上。奈砂接過珠子之後，頭也不回地走向游泳池出口。

我只能在游泳池裡目送她的背影離去。

相聲般的問答，莫名其妙的五十公尺游泳比賽。奈砂到底想幹什麼？

結果，我們依然沒有打掃，宣告放學的鐘聲就這麼響了，我們決定返回教室。走在走廊上的祐介打從剛才開始就默不吭聲。

「喂！」

「咦？」

「發生了什麼事？」

「咦？什麼？」

他的樣子顯然不對勁。

自從剛才在游泳池畔和奈砂獨處以後，祐介就一直魂不守舍。我橫了心，詢問心中掛念不已的問題。

「你剛才跟奈砂告白了嗎？」

「啊？為什麼？怎麼可能！你是白痴啊！」

祐介撂下這句話後，快步離去。

「啊，呃……對不起。」

見祐介突然發怒，我滿心錯愕，隨後追了上去。

回到教室，純一、稔與和弘正在黑板前爭論。

「是圓的啦！」

和弘的尖銳聲音響起。和弘是班上成績最好的人，然而正因為他生性認真，很容易跟人爭得面紅耳赤。

「是扁的啦！白痴。」

一找到機會就要捉弄和弘的純一戳著他反駁。

「絕對是圓的！用點腦子行不行？火藥爆炸耶！當然是圓的啊！」

「欸、欸，典道，你覺得煙火從側面看，應該是圓的還是扁的？」

純一察覺我和祐介到來，立刻把話鋒轉向我們，但我們根本搞不清楚狀況。

「你們在說什麼？沖天炮啊？」

我隨口敷衍，似乎是站在純一那邊的稔說道：

「不是，是大型的高空煙火，今天的煙火大會也會放的那種！」

「高空煙火？唔，那應該是扁的吧？」

我更加隨口敷衍，自以為占了上風的純一又繼續戳和弘。

「看吧！」

「別鬧了！當然是圓的啊！」

「祐介，你覺得呢？」

回到自己座位的祐介背起背包，興趣缺缺地回答：

「咦？我不知道。」

這種態度似乎惹惱了和弘，只見他的情緒變得更加激動。

「你們是白痴嗎？就連仙女棒的火花也是圓的啊！」

「說不定大型的不一樣啊！」

純一也加強語氣反駁。

「那你們看過扁的煙火嗎？」

「我看過。」

稔站在和弘面前，仰望三十公分的身高差距，自信滿滿地說道：

「去年我在爺爺家的庭院看煙火的時候，看起來是扁的。當時爺爺也說這個角度不好。」

「看吧！爺爺都這麼說了，鐵定錯不了！」

「你爺爺痴呆了啦！」

「才沒有咧！他只痴呆一半！」

「你們真的是不可理喻耶！」

「不然來投票表決啊！」

「不是這個問題好不好！煙火是圓的啦！」

「覺得是扁的人請舉手～」

這是什麼低能的對話？

這些人似乎已經為了高空煙火從不同的方向觀看，到底是圓是扁而爭論好一段時間。

比起這件事，剛才撞到的腳跟開始發疼了，我只想快點回家。

我把視線從無關緊要的投票表決移開，此時，換上制服的奈砂正好走進教室。

奈砂一直線走向自己的座位，這回與她四目相交的不是我，而是祐介。她一直盯著祐介，但祐介不知在鬧什麼尷尬，立刻轉向窗戶。

剛才他們在游泳池邊果然發生了什麼事嗎……？

就在我暗自尋思時，奈砂默默拿起自己座位上的書包，走向教室門口。在她的身影消失於走廊的前一秒，她似乎又朝我們的方向看了一眼，但我不知道她是在看我，還是在看祐介。

我望著奈砂沒關上的門好一陣子。

「好，那我們來打賭。」

突然冷靜下來的和弘所說的話將我一口氣拉回現實。

「好啊！如果煙火是扁的，和弘要幫我們把全部的暑假作業都寫完。」

我對煙火之爭毫無興趣，不過純一這個主意不壞。

「哦，好耶、好耶！就這麼辦！」

我想起自己的作業完全沒動，便臨時決定加入這場低能的論戰。

「那如果是圓的，你們要怎麼辦？」

「我就送你三浦老師的裙底風光照！」

純一揚了揚手機。和弘對三浦老師抱有些許情愫是全班皆知的事。

「咦！你的手機裡有那種照片？」

「我之後再去拍。」

「怎麼拍？」

「就像這樣，裝作東西掉了要撿起來，然後偷拍！」

純一像是在表演ＪＯＪＯ站姿一樣，以上半身倒仰的姿勢按下快門。聽著這段低能的對話，我突然想到一件事。

「……欸，話說回來，要怎麼從側面看煙火？」

「還不簡單？」

和弘走向貼在牆上的茂下町地圖。

「你們看，這座茂下燈塔不就正好蓋在海岸的側面嗎？」

今晚將舉辦煙火大會的茂下海岸外緣是個半圓形海灣，港灣正中央有座小島，煙火就是在小島上施放，絕大多數的遊客都是在海岸上欣賞煙火。

「煙火是在茂下島施放的，換句話說，在燈塔上看煙火，等於是從側面觀看，對吧？」

和弘扶了扶眼鏡框，突然變得理智起來。純一也不甘示弱地回答：

「好！那今晚大家就一起去燈塔吧！」

「咦？大家一起去？」

剛才我一時興起加入，可是燈塔的距離有點遠，學校舉辦的冬季馬拉松大賽也是以往返燈塔為路線，當時的痛苦頓時重現於腦海中，不過純一一旦興致來了，誰都攔不住。

「當然啊！祐介，你也會去吧？」

話鋒突然轉向一直沒有加入談話的祐介，祐介一臉驚訝地眨了眨眼。

「咦？去哪裡？」

「燈塔啦！你有沒有在聽啊？」

「我們要實際去看看煙火到底是圓是扁，做個了結！」

祐介懾於純一與和弘的氣勢，連忙回答：

「啊，嗯，我去。」

「好！那五點在茂下神社集合！這下子暑假可以玩到爽了！」

「你想得美！對了，你真的會去拍老師的裙底風光照吧？」

純一與稔無視和弘，逕自擊掌起鬨。

「哎，好吧，既然有人要幫我寫作業……」

說著，我望向祐介，只見他悶悶不樂地看著窗外的操場。

「怎麼了？祐介。」

「啊？我哪有怎麼了！」

「咦？你在發什麼脾氣啊？從剛才就這樣。」

「我沒有發脾氣！別說了，一起去燈塔吧！好像很好玩！」

「哦、哦……」

祐介突然從微慍轉為興奮，就在我感到困惑之際，純一等人吱吱喳喳地走出教室，祐介也跟著離去。

那傢伙是怎麼回事……

我漫不經心地將視線轉向剛才祐介注視的操場，恰好看見奈砂走過棒球社正進行練習的操場中央。

她的背影看起來像是下定了某種決心，朝著目標大步邁進。

「那就五點見囉！你們別遲到啊！」

祐介發出格外開朗的聲音說道，一面揚手道別，一面騎著越野車朝Y字路右方離去。

「咦？那小子在興奮什麼？」

「不曉得……他剛才還說他拉不出屎咧。」

「難道是屎力嗎？」

純一、我和稔邊進行愚蠢的對話，邊在Y字路正中央樹齡不明的山毛櫸下目送祐介。

山毛櫸前有個滿布鐵鏽的町內布告欄。

希望之光　八月一日　茂下町煙火大會　晚上七點至八點

布告欄上貼著印有上述文字的海報。這幾年的海報都是以五彩繽紛的煙火為底圖，設計上大同小異。

「欸，這上面的煙火是圓的耶……」

稔啃著棒棒冰，焦急地低喃。

「這是從正面拍的啦。你從側面看，不就是扁的！」

純一瞇起一隻眼，從布告欄側面觀看海報。

「真的耶！」

「所以根本不用特地跑去燈塔看嘛。唔？典道，你流血了。」

「咦？」

經純一這麼一說，我望向腳跟，只見白色襪子微微滲出血絲。

「哦，剛才在游泳池游泳，折返的時候撞到的。」

「折返？為什麼？」

「呃，就腳踢得太高。」

「什麼鬼啊？」

「我也這麼覺得。」

我嘴上回覆純一，腦中想起在水裡四目相交的奈砂。我們的視線大約只交會了短短一、兩秒，但是當時感覺起來漫長許多——那道視線強烈得讓我有這種感覺。

「純一，你在水裡睜得開眼睛嗎？」

「啊？沒戴蛙鏡的狀態下嗎？」

「嗯。」

「應該不行吧，很痛。」

「我想也是。稔呢？」

「低年級的時候可以。上游泳課的時候，不是玩過水裡猜拳嗎？」

「啊，有有有。」

沒錯。當時我們還不會游泳，只能潛水，大家還經常一起爭奪老師丟進游泳池裡的消毒劑。

當時我們的確沒戴蛙鏡。即使不戴蛙鏡，依然把世界看得一清二楚。

「拜拜，五點見。」

「嗯。」

我目送分別踩著滑板與滑板車朝Y字路左方奔馳而去的純一他們，踩下踏板，腳跟的傷口從鈍痛轉變為明顯的疼痛。

我忍著疼痛，突然暗想——

不知道奈砂現在是否依然能清楚看見水中世界？

我瞥了隨風搖擺的「臨時公休」牌子一眼，繞到店面後方，從信箱裡拿出鑰匙，打開玄關。家裡充滿夏天無人在家的房屋裡特有的濕氣。

「熱死了～」

我把沾滿汗水的襯衫丟進洗衣籃，打開冰箱，發現昨天喝到一半的寶特瓶裝可樂不見了。

咦？被媽媽丟掉了嗎？

我打開冷凍庫，爸爸最愛吃的西瓜冰棒只剩下一根。雖然不知道是誰的點子，但我一直認為，把西瓜冰棒設計成方便食用的三角形並且加上巧克力豆的人是天才。

我拖著疼痛感略微變強的右腳上樓，打開房間的紙門，只見祐介在房裡玩瑪利歐賽車。

「哇！嚇死我了！」

「你回來啦～」

祐介和嚇得險些弄掉西瓜冰棒的我正好相反，連頭也沒回，一面喝可樂一面繼續打電動。

「回來個頭！你為什麼在我家？」

「你們家的人太不小心了，鑰匙放信箱，未免太老套了吧。」

「那你也不能因為這樣就自己跑進來啊！還有，不要隨便喝人家的可樂。」

「有什麼關係？反正你在五點前都閒著沒事幹吧？真巧，我也閒著沒事幹。」

「不是這個問題！」

說著，我在祐介身旁坐下。耳聰目明的祐介察覺我手上的西瓜冰棒，雙眼立即閃閃發光。

「哦，西瓜冰棒，我也要吃。」

「只有一根。」

「你知道什麼叫做待客之道嗎？」

祐介雙手握著手把，咬了西瓜冰棒一口，賊笑著說道：

「欸，你不覺得把西瓜冰棒做成三角形的人是天才嗎？」

說穿了，我和祐介之所以感情最好，大概就是因為在這方面合得來吧。即使像剛才那樣發生了些微的爭執或吵架，下次見面又和好如初。

我拿起另一副手把，切換成對戰模式。祐介選擇庫巴，我選擇路易，這點也一如往常，沒有任何改變。

我們光顧著玩瑪利歐賽車，竟然沒發現外頭傳來的寒蟬叫聲，已經變得比鳴蟬還要多。

「喂，快五點了耶。」

祐介一面用庫巴甩尾一面回答：

「啊，晚一點去沒差吧？」

「不好吧？你自己還叫人家別遲到。」

「別的不說，煙火當然是圓的啊。」

祐介喝光了寶特瓶裝可樂，半帶笑意地說道。

「咦？是嗎？」

「是啊。咦？你是認真的嗎？」

「呃，嗯……」

「你是白痴啊？有哪個世界的煙火是扁的。火藥爆炸，當然從任何角度看都是圓的啊。」

祐介撿起房裡的足球遞給我。經他這麼一說好像也有道理，可是我又有點不服氣。

「這樣啊……可是，咦？漫畫裡的足球不是扁的嗎……」

「因為那是漫畫啊。叫什麼來著……二次元？」

「可是，如果是扁的怎麼辦？」

祐介望著繼續堅持的我，啼笑皆非地說：

「哪來這種世界？」

「那你剛才為什麼不說？」

「啊？我只是配合他們而已。」

「是嗎？」

「哎，不過，還是出發吧。唉～真懶得去。」

說著，祐介關掉遊戲機電源站了起來。

今天祐介的情緒起伏不定，我實在搞不懂他。

我們走向後門，準備前往集合地點。然而——

「好痛……」

來到門外，我正想穿上布鞋，右腳卻塞不進去。

仔細一看，血雖然已經止住，腳跟的傷口卻腫起來。非但如此，傷口還軟軟爛爛的，連我自己看了都覺得噁心。

察覺傷口的祐介發出誇張的聲音。

「哇，那是什麼？好噁喔！」

「就是在游泳池撞到的傷口。」

「游泳池？你有撞到嗎？」

「你也在場啊，就是我們比賽的時候。」

「啊？比賽？咦？什麼東西？」

「我、你和及川不是有比賽游泳嗎？比五十公尺啊！」

「我不曉得。」

我不知道祐介究竟是在裝蒜還是不記得了，不過，他的表情看起來一本正經。我摸不透祐介的心思，無法繼續追究。

「話說回來，你最好去看醫生。」

「這沒什麼大不了的。」

「那可不一定。要是得了破傷風，說不定會死翹翹。」

「……真的嗎？」

倒不是因為祐介的爸爸是醫生，而是他的語調之中帶有一股莫名的說服力，讓我有點膽怯。

「你去我家給我爸看看，我會跟純一他們說一聲。」

「咦？不要啦，你陪我一起去嘛。再說，我身上沒錢。」

「這樣我會趕不上集合時間。你放心去，醫藥費以後再付就好。」

剛才祐介自己明明還說遲到也沒關係。不過，既然他這麼說了，我好像也只能跑一趟診所。

祐介似乎察覺了我的心思，勾住我的肩膀，用截然不同的溫柔語氣說：

「還有……」

「啊？」

「如果奈砂在我家，你跟她說我不能去了。」

「啊？什麼意思？」

祐介這番若無其事的話語令我大為混亂。奈砂跑去祐介家做什麼？他說「不能去了」是什麼意思？

祐介把臉湊近頭上滿是問號的我，不知何故壓低聲音說道：

「……她邀我一起去看煙火。」

「什麼時候邀的？」

「剛才。」

「剛才？」

「……在游泳池的時候。」

這句話將我在游泳池看見兩人時的情景及祐介起伏不定的異常情緒連結起來。當時果然發生了什麼事！

「……你果然記得嘛！話說回來，你幹嘛不去？你不是喜歡她嗎？」

「啊？什麼跟什麼？怎麼可能！我什麼時候說過這種話？」

「你一直在說啊。」

「啊？我說了什麼？」

「你不是一直說你喜歡她，想跟她告白嗎？」

見祐介裝蒜，我感到焦慮，語氣也變得越來越激動。祐介不知何故，居然當場轉起圈子並大叫：

「那是在搞笑啦，搞笑！我怎麼可能喜歡那種醜八怪！你是白痴嗎？啊，夠了夠了！」

「啊……？」

祐介擱下一臉錯愕的我，拔腿就跑。

「那我先走囉！奈砂的事就拜託你！」

真是的，這小子今天到底是怎麼了……？他的所有言行舉止我都無法理解！

不，比起這件事，更讓我在意的是奈砂為何邀請祐介去看煙火。

奈砂喜歡祐介嗎？

更勝於今天一天之內視線交會三次的我？

『幫我拿掉……』

在池畔閉著眼睛對我說話的奈砂，她的聲音重現於腦海中。

『幫我把牠抓起來……』

我拖著腳走上坡道，來到安曇診所前。前來診所的路上，疼痛似乎加劇了，每踏出一步，不光是腳跟，整隻右腳都隱隱作痛。

要是真的染上破傷風該怎麼辦？我滿懷不安地打開了雙開玻璃門，只見如祐介所預告，奈砂就在候診室裡。

奈砂坐在長椅的角落，像是要避開從窗戶射入的餘暉。她聽見開門聲便抬起頭來，這是我們今天第四次視線交會。

哇，她真的在這裡……話說回來，她為什麼穿著浴衣？

這是我頭一次看見身穿浴衣的奈砂，與平時的她判若兩人。紅色腰帶和藏青色浴衣相互映襯，看起來相當成熟。

是嗎？原來她特地換上浴衣，是為了和祐介一起去看煙火啊……

來的不是祐介而是我，不知她是感到意外，還是感到失望，只見她用傾訴般的眼神看著我。

我承受不住她的視線，逃向掛號窗口。

「對不起，是祐介介紹我來的……」

由於喉嚨乾渴不已，我的聲音嘶啞。

「咦？什麼？」

從我還在襁褓時就已經認識我的胖護士阿姨正在窗口另一頭吃仙貝。我和祐介都不知道這個人的本名，一直叫她「阿姨」。

「呃，我的腳受了點傷。」

「哎呀，快進來。」

「好……」

我感受著身後奈砂的視線，逃也似地進入診療室。

擦個消毒水就了事的治療僅僅花費一分鐘就結束，我迷迷糊糊地看著自己的腳被貼上紗布，纏上一圈圈繃帶。

「這種程度的小傷怎麼可能得破傷風？那孩子真是的，總是胡說八道……」

祐介的父親啼笑皆非地說道，他正在診療室地板鋪著的高爾夫打擊墊上打球。我不知道該說什麼才好，只能隨口附和。

「哦……好痛！」

「欸，別亂動。」

阿姨上藥總是粗手粗腳的，就算我說會痛也從未改善。

「對了，祐介去哪裡？」

「啊，好像是去看煙火……」

包完繃帶，阿姨說道：

「哦，這麼一提，剛才有個同班的女孩來找他。」

「真是的，看什麼煙火……一天到晚只顧著玩耍，所以我才要他去上私立中學啊。」

祐介的父親一面嘀咕一面打高爾夫球，但是連一顆也沒打進，全都滾出墊子外。診療室地板上有好幾顆球，我漫不經心地看著這些球，想當然耳，每顆都是呈現球體形狀。

我突然想起奈砂那顆不可思議的珠子和煙火海報上的照片。

「……呃，煙火是圓的還是扁的呢？」

「咦？」

我下意識地提出這個問題，阿姨和祐介父親的視線全都集中到我身上。我連忙把話收回來：「啊，不，沒事……」

回到候診室，奈砂和剛才一樣坐在長椅上，這次她沒有看我，視線釘在地板上。

「我幫你開點藥，你等一下。」

「好。」

阿姨隔著窗口對我這麼說，於是我便和奈砂保持一段距離，在長椅的另一端坐下。

寒蟬的叫聲夾雜著遠處傳來的煙火試放聲。

「……」

「……」

三十秒……一分鐘……阿姨！開藥開快一點啦！

我抱著祈禱的心情望向窗口，但是窗口依然關著。我又瞥了奈砂一眼，她的側臉並未轉向我。

老舊掛鐘的滴答聲反而更加強調這陣沉默。

就在汗水滑落脖子的瞬間，我終於按捺不住，出聲說道：

「……妳在等祐介嗎？」

奈砂毫無反應，不知道究竟有沒有聽見。我盡力裝出若無其事的語調，傳達事實。

「……他不會來了。」

「……哦，這樣啊。」

奈砂乾脆地說道，連看也沒看我一眼，拿著滾輪式行李箱站起來，踩著草鞋啪噠啪噠地走出去。

那個大行李箱是怎麼回事？她要帶著那種東西去看煙火？

煙火試放似乎已經結束，寒蟬的叫聲再度響徹候診室。

阿姨終於從窗口探出頭來。

「來，這是你的藥。醫藥費下次記得帶來喔。」

「啊，是……」

我把藥袋塞進口袋裡，握住門把。感覺似乎仍殘留著奈砂的手掌餘溫。

來到外頭，氣溫比剛才更低，海風吹過坡道。

「要去神社嗎……不知道他們還在不在……」

還是該直接去燈塔……我喃喃自語，正要走下坡道，發現剛才離去的奈砂站在路中央。她垂著頭，用腳趾擺弄紅色的草鞋鞋帶。

「咦？」

我忍不住發出聲音，奈砂似乎聽見了，抬起頭來。

在奈砂的身後，延伸於坡道下的大海逐漸染上淡橘色。

由於身穿藏青色浴衣，浮現於橘色天空和大海之間的奈砂看起來猶如一塊夜色剪影。她強烈的視線從隨風翻飛的髮絲之間朝我刺來。

我的目光不禁被這幅宛若電影場景的畫面所吸引。

我默默凝視著奈砂，奈砂開口打破沉默。

「可以占用你一點時間嗎？」

「咦？」

「要不要一起散散步？」

「咦……啊，嗯……」

我在一頭霧水的狀態下和她一起走下坡道。來到通往Y字路的道路上，只見參加煙火大會的人紛紛走向海岸。

這是什麼狀況……為什麼我現在和奈砂走在一起？

呃，不去神社沒關係嗎？不曉得他們現在在做什麼……

我不知道該如何打破現在的僵局，也不知道該對奈砂說什麼，腦袋裡滿是問號。奈砂也一樣，邀我一起散步之後便不發一語。

我還是說些什麼吧……就在我張開嘴巴的瞬間——

「如果……」

走在兩公尺前的奈砂拖著行李箱，頭也不回地小聲說道。

「咦？」

為了聽清楚奈砂的細微聲音，我稍微靠近她的身後。
「如果我約的人是你，你會怎麼做？和安曇一樣……逃之夭夭嗎？」
「……」
「我是想約贏了游泳比賽的人。當時，我突然產生這種想法。」
「……」
我無言以對，奈砂停下腳步轉過身來。
「我以為你會贏。」
「……」
「你為什麼輸了？」
她正面直視並質問我，像在宣示不容我撒謊一般。然而，我不知道該怎麼回答，口中吐出的只有辯解之詞。
「呃，因為妳游得很快……我心裡急了，就……」
奈砂對於我的答案似乎不甚滿意，放開行李箱朝我逼近了兩、三步。我被她的氣勢壓過，忍不住往後退。

「是我的錯？」

「……」

「全都是我的錯嗎？」

「……」

等等，妳突然這麼說，叫我怎麼回答……話說回來，奈砂本來以為我會贏？可是我輸了，她才約祐介？這麼說來……我實在搞不懂！

在開始西沉的夕陽逆光下，奈砂的臉龐幾乎全被陰影籠罩，但我看得出她的眼眶微微濕潤。她在哭嗎？我搜索枯腸，可是腦袋一片空白，找不到隻字片語。

忍不住撇開的視線前端是被留在原地的行李箱。我費了九牛二虎之力，才將話題從游泳池轉移到行李箱上。

「對了，那個是？」

「什麼？」

奈砂似乎知道我是故意扯開話題，一臉不快地皺起眉頭。我連忙指著奈砂身後的行李箱。

「那個行李箱。」

聽我這麼一說，奈砂才意會過來，轉身抓住行李箱，再度往前邁開腳步。我連忙追上去。

「……你說呢？」

剛才的凝重氣氛宛若從未存在過，隔著背部傳來的是奈砂一如平時的輕快語調。

可是，現在這種「一如平時」的感覺十分虛假。

「我不知道。」

「我離家出走了。」

離家出走？這句話來得突然，而且語氣若無其事又開朗，所以我以為奈砂在開玩笑而有些笑了出來。

「哈哈……真的假的？」

「真的，我要離開這座小鎮。」

奈砂的腳步雖然緩慢，卻毫不止歇，不斷前進。她似乎真的是朝鎮外走去，我忍不住試探性地詢問：

「……妳是在開玩笑吧？」

「對，我是在開玩笑。」

「啊？到底是不是啊。」

「……你說呢？」

又是這個模式……不過，和白天在游泳池的那段宛若詭異相聲的對話相比，奈砂的語調似乎略有不同。

總歸一句，我看不見她的臉，不知道她說的是不是真心話。

奈砂停下腳步。

——轉過來吧。

我的願望實現了，奈砂突然轉向我。她完全背對著夕陽，陰影變得更深，但我知道我們的視線不偏不倚地交會。

「你知道我為什麼認為你會贏嗎？」

泫然欲泣的眼眸化為反射鏡，映出穿著衣領鬆垮的T恤的我。

「……不，我不知道……」

突然，奈砂的背後傳來一道劃裂空氣般的聲音。

「奈砂！」

仔細一看，有個人從Y字路朝著我們小跑步而來，我記得那是……奈砂的母親。雖然距離很遠，看不見表情，但是從她的語調可知事態非比尋常。

咚！

一陣鈍重的衝擊襲向目瞪口呆的我。奈砂把行李箱塞到我手上，拔腿就跑。

「奈砂！站住！」

涼鞋的啪噠啪噠腳步聲通過我身邊，追上了十五公尺前方的草鞋啪噠啪噠腳步聲，奈砂的母親輕而易舉地抓住她。

「奈砂！妳的腦子到底在想什麼！」

奈砂拚命抵抗，試圖甩開母親。

「住手！放開我！住手！」

然而，奈砂母親的手牢牢抓著奈砂的衣襟，並未放鬆。

「妳鬧夠了沒！老是這樣子！」

「囉唆！放開我！放手啦！」

我是頭一次在電視節目以外看到女人打架，完全愣住了。奈砂不是會這樣大吵大鬧的人，而我雖然只見過奈砂的母親幾面，但是，她應該也不是這麼歇斯底里的人。

不久後，不知道是虛脫了，還是死心了，奈砂任由母親抓著她的後頸將她拖走。當她經過我面前時，發出了求助之聲。

「典道！救我！」

「！」

奈砂突然直呼我的名字，以及她母親聽了她的呼喚聲後狠狠瞪了我一眼，都令我大為動搖，渾身僵硬。

「還來！」

奈砂的母親朝我雙手抱住的行李箱伸出手。

然而，不知何故，我覺得我不能放開行李箱，便反射性地使勁抱緊。

「放手！」

說著，她母親更加伸長了手，抓住綁著方巾的行李箱提把。我扭動身體抵抗，雖然對方是女人，但我依然不敵大人的力氣，讓行李箱離開我的雙手。

在拉扯之下，行李箱打開了，裡頭的東西散落一地。

我因為行李箱被搶走的反作用力而倒在地上，從行李箱裡散落的衣物、化妝包和小布偶就像慢動作畫面一樣映入我的眼簾。

「不要！我不要去！我不想去！」

被母親拉住的奈砂大聲哭喊，聲音響徹四周。

面對突如其來的狀況，還沒回過神來的我只能跪在地上，眼睜睜看著奈砂和她母親朝著Y字路遠去。

就在奈砂的身影即將從視野中消失時，背後傳來熟悉的聲音。

「喂！發生了什麼事啊？」

回頭一看，只見純一他們跑上前來。他們似乎目睹了事情的始末，全都很激動。

「那是奈砂吧？她怎麼了？超恐怖的。」

「她媽媽也很恐怖啊！奈砂闖了什麼禍嗎？」

「話說回來，典道，你怎麼會在這裡？」

無視於跪在地上啞然失聲的我，純一揪住稔的衣襟，一面笑鬧一面模仿奈砂和她母親的爭執。

「妳這孩子真是的！」

「住手！放開我！」

「超好笑的！」

然而，唯獨祐介沒有理會展開即興模仿秀的純一等人，而是目不轉睛地凝視著Y字路方向。

瞬間，我對祐介產生一股猛烈的憤怒。

理由我不明白。

「別看了！」

我站起來，狠狠揍了祐介的臉一拳，並騎到他身上，繼續飽以老拳。

理由我不明白。

然而不知何故，我不容許祐介看見奈砂那副模樣。

正當我打算揍第四拳時，純一抓住我的右手。

「別打了！」

「你在幹嘛啊！」

和弘試圖拉開我，但是我全力抵抗。

「放手啦！」

倒在地上的祐介摀著臉，一動也不動。

我和祐介打過的架不計其數，但都是打鬧性質，這是我頭一次真的毆打別人的臉。

我不知道該如何處置打人的亢奮感與微小的恐懼心，朝著Y字路的反方向邁開腳步。

「喂！你要去哪裡？」

背後傳來純一的聲音，但我不願回頭。

散落在地的奈砂衣物映入眼簾。T恤、洋裝、襪子、襯衣、毛衣……她是真的打算離家出走……

此時，我發現被泥土弄髒的布偶旁邊有個東西散發模糊的光芒。

那是……奈砂的那顆怪珠子。

我撿起珠子，只見它散發著朦朧的紅、綠、黃色光芒，而且有點發燙。

『你知道我為什麼認為你會贏嗎？』

剛才奈砂所說的話語，重新浮現於腦海中。

如果……如果我那時候……

我撿起珠子，使勁握住，只見光芒猶如在呼應我一般，變得更為強烈。

如果我贏了祐介……會變得如何？

「喂！你到底是什麼意思！」

「典道！說話啊！」

我回頭看著邊說邊走過來的純一他們，轉動手臂，放聲大叫：

「如果我——」

【Y字路附近】

典道大叫，扔出珠子！

珠子猶如燈塔透鏡一般散發光芒，旋轉著飛過空中。

「哇啊！」

純一等人連忙閃開。

珠子穿越純一等人之間，打中Y字路的煙火大會海報。

瞬間，珠子散發出不可思議的色彩，光芒也變得更強烈，周圍宛若成了異次元空間。

典道、祐介和純一等人被光芒包圍。

典道：「咦！」

遠處的風車葉片緩緩地停止了，隨即開始倒轉。

片段閃過——

典道打在咖哩上的蛋黃倒轉回到蛋殼裡。

祐介父親的高爾夫球倒轉滾動。

典道的腳踏車車輪也開始倒轉。

接著是與奈砂有關的短暫片段閃過——

奈砂望著大海的背影。

奈砂在教室裡看著典道。

蜻蜓停在奈砂的身上。

奈砂：「什麼？五十公尺？我也要比。」

奈砂：「要是我贏了，你們就要答應我的要求。」

蜻蜓輕飄飄地飛走。

典道、祐介和奈砂跳入了游泳池裡。

「如果……那時候……我贏了的話……」

如果世界・1

差距在起跳階段就已經拉開了。即使只看背影，也看得出游在兩公尺前方的奈砂，她自由式的動作有多麼完美。靠著沒有絲毫冗贅的手腳動作，她和我們之間的距離變得越來越遠。

然而，我和身旁的祐介幾乎是並駕齊驅。

只能靠折返分出勝負了……我拚命轉動雙臂，如此暗想。

奈砂靠著依然完美的動作先行折返，朝著我們游來。

擦身而過的瞬間，我看了奈砂一眼，但她似乎沒有察覺我的視線，專注地望著前方，筆直前進。

咦……？

剛才的感覺……這種雙方都游自由式，在水中錯身而過的感覺……以前好像也經歷過。這叫什麼……？似曾相識？既視感……什麼的……

就在我暗自尋思之際，牆壁逐漸逼近眼前。

我在腦中描繪奈砂剛才完美的折返姿勢，一面用鼻子呼氣，一面把頭鑽進水裡。同時，我彎曲膝蓋，雙腳腳掌抵住牆壁，用力一蹬。

好！很順利。

往旁邊一看，祐介的折返似乎出了差錯，正在水中掙扎。

我盡量減少換氣次數，拚命游完剩下的二十五公尺，勉強以第二名抵達終點。我急著呼吸空氣，從水中抬起頭來，突然有灘水飛到我的眼前。

「哇哇哇！怎麼搞的？」

我拿下蛙鏡一看，已經離開游泳池的奈砂面帶笑容，拿著水管對著我的臉沖水。面對那天真爛漫的微笑，我的臉忍不住發燙，為了掩飾，我瞪了她一眼。

「妳幹嘛啦！」

「島田，你今天要去看煙火嗎？」

「咦？」

「我們一起去吧。」

「……為什麼？」

「為什麼呢……」

奈砂露出淘氣的笑容，繼續往我的臉上沖水。

「哇，住手啦！」

「五點我去你家接你，你要待在家裡喔。」

說完，奈砂便放下水管離去。

咦？她剛才說什麼？

我茫然地目送奈砂的背影，此時，祐介終於抵達終點。

「哎呀，我在折返的時候突然想拉屎。咦？奈砂呢？」

我完全沒把祐介的話語聽進去，凝視著留在原地的水管，想起奈砂剛才所說的一番話。

我和奈砂一起去看煙火？為什麼……？

越是思索，我的腦筋就越是打結。我渾身虛脫，逐漸沉入水中，祐介慌忙呼喚的聲音傳來，但是我聽不清他在說什麼。

結果，我們依然沒有打掃泳池，直接回到教室。通往教室的走廊上盡是正要放學回家的學生，吵吵鬧鬧的，但我滿腦子都是剛才和奈砂的對話。

晚上，兩個人一起去看煙火……

這應該是約會吧……島田典道，十三歲，國一夏天，人生的第一次約會……

祐介大概是覺得我不對勁，一面用肩膀撞我一面詢問：

「幹嘛？怎麼了？」

「咦……啊，沒什麼……」

我想起五十公尺比賽前的對話，連忙蒙混過去。打死我都不能跟喜歡奈砂的祐介說，奈砂約我一起去看煙火。

「啊，是奈砂。」

「咦！」

我還以為自己的心思被看穿了，驚訝地望向祐介，但祐介卻是望著另一個方向。他的視線前端是站在教職員室前的奈砂。奈砂和我們不一樣，是個乖寶寶，應該不會被三浦老師叫到教職員室訓話。那她是為了什麼事而來呢？

祐介似乎也有同樣的疑問，歪頭納悶。

「她在幹嘛？」

「不知道……」

奈砂並未察覺我們的視線，頂著仍然帶有濕氣的頭髮目不轉睛地瞪著教職員室的門，略微緊張的表情和剛才在游泳池的時候判若兩人。她的手上緊緊握著一個信封，或許她是來繳交這個信封。

不久後，奈砂敲了敲門，走進教職員室。

【教職員室】

三浦坐在座位上。
三浦：「（一臉不快）真是的……」
對面座位的是男老師——光石。
光石：「（一面注意四周，一面小聲說話）今天要怎麼辦？」
三浦：「咦？」
光石：「煙火大會。我們要約在哪裡見面？」
三浦：「（也一面注意四周）今天學生問我是不是要和男朋友一起去。」
光石：「真的假的？（露出賊笑）是嗎？看來是公開的時候了。」
三浦：「別鬧了！當時我們兩個都喝醉……」
此時，奈砂來到三浦身邊。

奈砂：「老師。」

三浦：「（神情動搖）是！哦，及川，有什麼事嗎？」

奈砂將信封遞給三浦。

三浦：「這是什麼？」

奈砂：「媽咪……媽媽要我交給老師的。」

三浦：「（接過信封）嗯？」

奈砂：「……」

× × × ×

三浦閱讀書信。

三浦：「咦？要搬家？」

光石：「咦？及川嗎？」

三浦：「而且是在暑假期間。」

光石：「真的假的？太突然了吧。」
三浦：「（一面閱讀書信）哎呀，她媽媽要再婚。」
光石：「這樣啊……遇上這種情形，真不知道該做何反應。」
三浦：「是啊……不過，怎麼叫小孩送這種信呢……」
三浦的表情顯得五味雜陳。

目送奈砂走進教職員室之後，祐介又用肩膀撞我。雖然我們經常這樣打鬧，但他此時的力道感覺比平時更強。

「喂！」

「咦？」

「發生了什麼事嗎？」

這是個模稜兩可的問題，但是我和祐介相識已久，知道他的言下之意。在這種時候，祐介的直覺總是格外敏銳。

「咦？你說什麼？」

我盡可能保持平靜，故意裝蒜。不過，祐介並沒有被我糊弄過去，而是直搗核心。

「剛才在游泳池，你和奈砂不是在說話嗎？你該不會告白了吧？」

「啊？為什麼？怎麼可能！你是白痴啊！再說，喜歡奈砂……喜歡及川的人是你吧？我對她根本沒興趣！」

「咦？你在發什麼脾氣啊？」

祐介說得對，我在發什麼脾氣？

「啊，不……抱歉。」

「哎，算了。對了，你今天會去看煙火吧？」

「啊，嗯，應該會吧。」

「那我們一起去吧？還有，等一下我可以去你家玩嗎？」

「好啊。」

「最近待在家裡，我爸就會叫我用功讀書，煩都煩死了。而且，我第一學期的成績又爛到爆炸。你也知道，我家一直希望我去上私立中學。」

「嗯……」

「所以啦，我待會兒去你家玩，然後我們直接去看煙火，好不好？」

我被祐介的氣勢壓過，點了點頭，隨即又猛省過來。

糟糕……剛才奈砂說五點要來我家，要是被這小子看到……咦？我打算和奈砂一起去看煙火嗎？不不不，沒這回事。剛才我也沒有答應和她一起去……

我一路自問自答，回到教室，發現純一與稔正跟班上最認真又最容易激動的和弘，不知在爭論什麼。

「是扁的啦！」

「就是說啊！當然是扁的！」

「絕對是圓的！用點腦子行不行？火藥爆炸耶！當然是圓的啊！」

換作平時，我一定會抱著看戲的心態加入這場唇槍舌戰，但我現在滿腦子都是奈砂的事，便裝作沒看見，回到自己的座位收拾書包。

「欸、欸，你覺得煙火從側面看，應該是圓的還是扁的？」

「你們在說什麼？沖天炮啊？」

純一詢問，祐介興致缺缺地回答。

「不是，是大型的高空煙火啦！」

「唔，那應該是扁的吧？」

「看吧！」

祐介的隨口敷衍及三對一的劣勢讓和弘變得更加激動。

「別鬧了！當然是圓的啊！典道，你覺得呢？」

話鋒突然轉到我身上，搞得我一頭霧水。從他們的對話推測，他們似乎是在爭論高空煙火爆炸的時候從正面看是圓的，那麼從側面看會不會是扁的……這根本不重要嘛！

說歸說，我又不能直說這不重要，只好隨口回答：

「咦？我不知道。」

「你想想看嘛！」

「抱歉……」

我向純一道歉，但是占據我腦海的卻是奈砂。五點她要來我家……可是祐介也要來家裡玩……該怎麼辦？我瞥了祐介一眼，他似乎也在看我，視線與我相交。他那試探性的眼神令我感到尷尬，我只好不著痕跡地裝出專心收拾書包的樣子。

和弘他們仍然在爭論煙火是圓是扁，老實說，聽在我的耳裡跟噪音沒兩樣。

「那你們看過扁的煙火嗎？」

「我看過。」

「你說的話可信度根本是零！」

「真的啦！去年我在爺爺家的庭院看煙火的時候，看起來是扁的。當時爺爺也說這個角度不好。」

「看吧！爺爺都這麼說了，鐵定錯不了！」

就在我把越發不重要的煙火爭論當成耳邊風，暗自思索該如何處理奈砂的事時，她本人從教室後門走進來。教職員室的事似乎已經辦完了，她走向座位，頭髮看起來仍然有點潮濕。

「！」

撲通。

一直線走向自己座位的奈砂把視線轉向我的瞬間，我的全身彷彿都化成心臟。或許是因為第一學期間養成了瞞著奈砂本人偷看她的習慣，我反射性地將視線移向操場。

不過，我又覺得這樣有點太刻意，便不著痕跡地把臉轉回來，只見奈砂已經收拾完畢，正要走出教室。

我目送頭也不回地離開教室的她，心中湧上一股如釋重負，卻又夾雜了些許罪惡感的奇妙感覺。

「好，就這麼說定了！五點在茂下神社集合！典道，你也會來吧？」

不知幾時間，他們已經說定了某件事。純一用興奮的語調呼喚我，將我拉回現實。

「咦？什麼？」

「你沒在聽嗎！我們要去茂下燈塔！確認煙火是圓的還是扁的！」

「是嗎？」

「對！如果是扁的，和弘要幫我們寫完全部的暑假作業！」

「YA～！」

個頭矮小的稔舉起雙手，和純一、祐介擊掌起鬨。

我又聽見和弘詢問：「你真的會給我三浦老師的裙底風光照吧？」但無論煙

火是圓是扁，我都不在乎。話說回來，這和三浦老師的裙底風光照有什麼關係？

雖然我大可以詢問祐介，但是這麼一來，我完全沒在聽他們說話的事就穿幫了。我望向窗外，掩飾無法加入談話的事實，恰好看見奈砂走過棒球社正進行練習的操場中央。

奈砂的儀態原本就端正，而現在她的腰桿似乎打得比平時更直……是我多心嗎？

我們在樹齡不明的高大山毛櫸分隔的Y字路上暫時解散。

「那就五點見囉！別遲到啊！我和稔四點左右就會去！」

「知道啦！」

純一和稔往左方，和弘則是朝右方奔馳而去。

「好啦，去你家殺時間吧。你家有可樂吧？」

祐介跨上了越野車。

「可能只有麥茶。」

「你家的麥茶味道很淡耶。」

「囉唆！」

我半帶笑意地回答，右腳踩上踏板的瞬間，突然有種不可思議的感覺。

咦？我的腳跟好像有什麼毛病……

我輕輕觸摸右腳，並沒有任何特別的感覺。我不明白自己為何這麼想，歪頭納悶。

此時，町內布告欄上煙火大會的海報映入眼簾。不知何故，這張海報也讓我覺得怪怪的。

我並沒有仔細看過這張海報，不過，延伸於整個夜空的各色煙火看起來似乎格外扁平……

「怎麼了？典道。」

見我突然沉默下來凝視著海報，祐介感到奇怪，窺探我的臉。

「這張海報是長這樣子嗎……？」

「這樣子是哪樣子？」

我不明白這股異樣感究竟從何而來，沒把握能夠好好說明，便決定蒙混過去。

「啊，不……沒什麼。」

「那我換好衣服以後就去你家。」

「嗯。」

我和祐介踩下踏板，各自回家。這次右腳沒有任何異樣感了，看來果然是我多心。我做出這個結論，使勁踩腳踏車的瞬間，又想起和奈砂的約定。

糟了……奈砂的事該怎麼辦？

【奈砂的家（市營住宅）】

奈砂走進客廳。

奈砂：「我回來了~」

坐在沙發上的中年男人回過頭來。

男人：「妳回來啦。」

奈砂：「！」

原本在廚房泡茶的奈砂母親走過來。

母親：「怎麼沒打招呼？」

男人：「咦？今天是返校日啊？很熱吧。我有買蛋糕，大家一起吃吧。」

男人是母親的再婚對象。他拿著蛋糕盒走向奈砂。

男人：「妳要吃哪一個？小奈砂（微笑）。」

奈砂：「……」
奈砂沒有回答，走向自己的房間。
母親：「奈砂！」
門啪一聲關上。
母親：「……對不起。」
男人：「不要緊、不要緊，沒關係。」

× × × ×

奈砂的房間窗簾拉上，房內一片幽暗。奈砂往床鋪坐下。
奈砂：「……」
客廳隱約傳來母親和男人的說話聲。
男人的聲音：「學校呢？手續已經辦好了嗎？」
母親的聲音：「嗯，今天跟級任導師說了。」

男人的聲音：「不過，她應該捨不得和朋友分開吧。」

母親的聲音：「不會啦，那孩子朋友很少，你不用放在心上。」

男人的聲音：「男朋友呢？」

母親的聲音：「（笑著說）哪來的男朋友？」

男人的聲音：「這可難說喔，最近的孩子都很早熟。」

奈砂：「……（充滿厭惡）。」

奈砂站了起來，從衣櫃深處拿出浴衣。

她脫下制服，換上浴衣。

我家的店門前掛著「臨時公休」的牌子。我從信箱裡拿出鑰匙，打開玄關。家裡充滿夏天無人在家的房屋裡特有的濕氣。

「熱死了～」

我把沾滿汗水的襯衫丟進洗衣籃，打開冰箱，發現昨天喝到一半的寶特瓶裝可樂。一瞬間，我本想拿來喝，又決定留給祐介，便打開冷凍庫。爸爸最愛吃的西瓜冰棒只剩一根。

雖然不知道是誰的點子，但我一直認為把西瓜冰棒設計成方便食用的三角形並且加上巧克力豆的人是天才……咦？

從袋子裡拿出來的西瓜冰棒並不是熟悉的三角形，而是圓筒形。是冷凍庫壞掉，融化以後又重新結凍造成的嗎？

可是，那圓筒形狀完美得像是本來就是以這種形狀銷售。莫非西瓜冰棒也和樂天小熊餅乾的眉毛熊，或是Happy turn仙貝的幸運包裝紙一樣，幾萬根冰棒裡就會出現一根超稀有的形狀？

我打著赤膊，啃著超稀有的西瓜冰棒走上樓梯。樓上的熱氣籠罩著我的房間，我打開窗戶，卻只有熱風吹過，絲毫沒有變涼快。

我叼著西瓜冰棒，從書架上拿出小學的畢業紀念冊。我把紀念冊從外盒裡拿出來，隨手翻了一翻，紀念冊便自動翻到已經看過好幾次的頁面。

日光戶外教學的照片映入眼簾。當時我和奈砂分到同一組，以東照宮為背景拍下的照片中，我碰巧——不，是裝作碰巧，其實我是故意站在旁邊——站在面無表情的奈砂身旁，比出勝利手勢，咧嘴而笑。

我第一次見到奈砂是在兩年前，小學五年級的夏天。

在茂下町出生長大的奈砂父親辭掉了東京的工作，在茂下海岸開了間衝浪店。我爸現在雖然是個落魄的釣具行大叔，高中時代可是個衝浪手，和奈砂的父親是一同衝浪的朋友。

他們全家剛搬來的時候，曾一起來我家的店打招呼。當時奈砂是躲在父母的身後。

對了，那時候我也和現在一樣叼著西瓜冰棒，注視著奈砂。

「這是我們的女兒奈砂。奈砂，打招呼啊。」在母親的催促下，奈砂彬彬有禮地自我介紹，而我只是從客廳悄悄探出頭。父母交情好，不代表我們的交情也會變好，再說，要我像她那樣打招呼，我可做不到。

白色洋裝加草帽，晶瑩剔透的肌膚和烏黑亮麗的秀髮……雖然老套，但那是我第一次親眼看見連續劇或廣告上出現的那種「美少女」。

面對前所未見的美少女，我只敢從客廳呆頭呆腦地張望，而爸爸偏偏又哪壺不開提哪壺。

「喂，典道！小奈砂跟你一樣是小學五年級生。和這麼可愛的女孩當同學，很棒吧？」

奈砂似乎是聽了這句話才察覺我的存在，把頭轉向客廳，與我四目相交。

我突然覺得難為情，說了句：「不知道啦！」便逃進房裡。

對了，我和奈砂第一次四目相交，就是在那時候……

正當我要用指尖觸摸照片中的奈砂時，一陣跑上樓梯的腳步聲傳來。

「典道！」

我連忙闔上畢業紀念冊，扔到一邊，同時，祐介走進房間裡。

「嗨！」

「嗨個頭啦！你是要嚇死人啊！」

「你們家的人太不小心了，後門是開著的耶。」

「那你也不能因為這樣就自己跑進來啊！」

「你在幹嘛？打赤膊杵在那裡。」

「……沒有啊。」

「哦，西瓜冰棒，我也要吃。」

祐介從我的手上搶走西瓜冰棒，一面坐下一面插上Wii的電源。

我趁著祐介不注意的時候，用腳把畢業紀念冊踢進床底下，並在祐介的身旁坐下。我看著被祐介搶走的西瓜冰棒，對他提出剛才的疑惑。

「你不覺得這種形狀很稀奇嗎？」

「什麼？」

「西瓜冰棒，這種形狀很稀奇，大概幾萬根才有一根吧。」

「你到底在說什麼？」

「它是圓筒狀的啊，不是三角形。」

「啥？西瓜冰棒本來就是圓筒狀的啊。」

這小子是認真的嗎？

他的第一學期成績確實很爛，該不會其他地方也出問題了吧？我不禁擔心起來。不過，祐介也露出一副「這小子是認真的嗎」的表情，把我剛才扔掉的西瓜冰棒包裝袋從垃圾桶裡拿出來。

「你在說什麼啊？西瓜冰棒是三角形的吧？你看。」

……咦？從小看到大的包裝袋上的三角形西瓜圖案……居然變成圓筒形。

「從我們小時候就一直是圓筒狀了啊。你沒事吧？」

「……」

所謂的莫名其妙，大概就是指這種情形吧。

「五點在茂下神社集合對吧？十分鐘前出發應該就行了。」

「啊，嗯。」

沒錯，西瓜冰棒的形狀根本不重要，問題是奈砂會來找我……呃，現在幾點了？

桌上的鬧鐘剛過四點十分。

【茂下神社】

茂下電鐵平交道的另一頭是座小神社。
老舊的單節電車發出喀噹喀噹聲，緩緩通過。
祭典的攤販正準備擺攤。
其中有家黑輪攤已開始營業。
看起來流裡流氣但是平易近人的大叔，一面喝著燒酒一面與純一、稔說話。
純一：「真的假的！」
大叔：「對，是扁的。」
稔：「我就知道。」
此時，和弘走了過來。
和弘：「讓你們久等了！」

純一：「嗨……咦？你怎麼了？」

稔：「你幹嘛穿成那樣？」

和弘：「咦？」

和弘背著一個尺寸稍嫌誇張的大登山包，頭上戴著安全帽，手裡拿著冰斧和大型手電筒。

和弘：「咦？不就是冒險裝備嗎？」

純一與稔哈哈大笑。

和弘：「幹嘛！別笑啦！」

純一：「哦，對了，和弘，煙火果然是扁的。」

和弘：「啊？」

稔：「實不相瞞，這位先生正是現任的煙火師傅！」

喝燒酒的大叔穿著印有煙火公司名稱的和服短外套。

純一：「煙火師傅都這麼說了，總錯不了吧？」

大叔：「（打嗝）咯……」

接下來的四十分鐘，瑪利歐賽車全是祐介的庫巴獲勝。平時並不是這樣，不光是瑪利歐賽車，無論任何遊戲，我和祐介的戰績幾乎都是平分秋色。可是，今天我無心打電動。奈砂就快來了……怎麼辦？

「咦？快五點了耶。」

祐介似乎也發現時間已經過了很久，喝著可樂看向時鐘。外頭還很亮，蟬鳴聲從唧唧唧變成了咯咯咯。

「嗯，對啊。」

我答得一派輕鬆，但是眼看著時間一點一滴流逝，卻想不出任何辦法，令我內心焦慮不已。

我該怎麼擺脫祐介？唔？等等，所以我是打算和奈砂一起去看煙火嗎？這樣的話——

「欸，我看我們乾脆別去神社了吧？」

祐介一面拍打停在手臂上的蚊子，一面說道。

「咦？」

我如此反應，隨即想起言行舉止依心情而隨時改變，正是「祐介風格」。

祐介以不負責任的口吻繼續說道：

「煙火是圓是扁根本不重要嘛，我們在海邊看就好了。」

「啊，嗯……」

「再說，煙火當然是扁的啊！」

祐介說得理所當然，我忍不住反問：

「咦？是嗎？」

「是啊。怎麼，你懷疑？」

「不，我不知道……」

祐介伸手拿起床上的圓扇。圓扇上印著圓圓的煙火照片。

「你看，煙火是這樣子圓形爆炸，從旁邊看當然是扁的啊！」

祐介向我展示圓扇上的煙火圖樣之後，又把扇子九十度旋轉。想當然耳，是扁的。

「對吧！」

「嗯，是啊……」

祐介那聲自信滿滿的「對吧」讓我忍不住附和，不過，真的是這樣嗎？就像和弘說的一樣，火藥爆炸，應該是呈……該怎麼說呢……放射狀？好像不對……總之是朝著四面八方圓形擴散才對吧？

「所以，我們根本不用特地跑去燈塔。我們就別去了吧。還有，把窗戶關起來啦，蚊子一直跑進來。」

「啊，嗯。」

我一面起身，一面思考。

等等……既然不去神社，我就不必和祐介待在一塊兒。只要讓祐介立刻離開我家，他就不會發現待會兒來我家的奈砂……至於奈砂，哎，算了，等她來了以後再做打算吧。

「那就這樣吧。哎，其實我也有點私事要……」

在我把手放上窗戶的瞬間，馬路另一頭有個拖著行李箱走來的浴衣少女……那不是奈砂嗎？哇！她已經來了喔？

我一面關窗一面思考……該怎麼辦？照距離計算，再過一分鐘……不，四十五秒，她就會走到我家門口……快想辦法啊！

「怎麼了？什麼私事？」

祐介喝光了寶特瓶裡的飲料。

「啊……對了！我去幫你買飲料，反正我們還要再打一陣子瑪莉歐吧？」

「不用啦，我已經不渴了。」

「不不不，那瓶可樂的氣都跑光了，我本來就覺得過意不去。我去買一瓶新的來，你等我。」

「這樣啊？不好意思。」

「沒關係。」

雖然連我自己都覺得這個理由狗屁不通，但是祐介既然接受了，當然得趁現在出去。我從抽屜裡搜刮了一些零錢，塞進短褲口袋，正要走出房間時——

「喂！你穿這樣就要出門喔？」

「啊？」

聞言，我看了自己的裝扮一眼。對喔，我回家以後一直打著赤膊。

「啊……」

「你不要緊吧？」

「哈哈哈哈……」

我露出連自己都覺得噁心的笑容，拿起床上用來代替睡衣的UNIQLOT恤，啪噠啪噠地跑下樓梯。

奈砂大概會先去店面，待她看到臨時公休的牌子之後，就會繞到後門來……所以她現在應該正好在門口！

我一面祈禱自己趕上，一面用力打開門，正要按下門鈴的右手映入眼簾。情急之下，我一把抓住那隻手腕。

「！」

奈砂大吃一驚，瞪大雙眼。她交互打量我的臉和自己被抓住的手腕，正要開口說話——

「噓……」

我依然抓著奈砂的手腕，發出嘶啞的微小聲音。

奈砂越發不解，歪頭納悶，辮子隨之搖曳。

我是頭一次看見奈砂身穿浴衣的模樣，也是頭一次觸摸她的手腕。她的手腕之細令我驚訝，但現在最重要的是不能驚動祐介。

「祐介在我家。」

「咦？」

「總之，我們出去再說吧。」

我放開手，關上門，來到家門前的道路。奈砂默默跟上來。外頭的蟬鳴聲只剩下寒蟬的。

「呃，他突然跑來我家玩……」

「……那該怎麼辦？不去了嗎？」

聽了我近似推託的一番話，奈砂的聲音顯得有點焦躁。我往前踏出一步，逃避她的強烈視線。

「等、等一下，我現在立刻想辦法……」

說歸說，我根本一籌莫展。要是我直接和奈砂出門呢？如果我沒回來會怎麼樣？

此時，頭上傳來窗戶打開的聲音。

「喂，典道！」

「！」

抬頭一看，祐介從窗戶探出頭來。屋簷成了死角，所以他似乎沒看見奈砂。

「我們還是去神社吧。」

「啊？」

「不然對大家過意不去。」

「……不會吧……」

「我現在就下樓，我們一起去吧。」

說著，祐介關上窗戶。咦？這小子為什麼突然……

我呆若木雞地凝視祐介關上的窗戶，忽然有人拉了拉我的T恤衣襬。我和祐介說話時，一直背對牆壁躲在一旁的奈砂望著我的臉。

「……怎麼辦？」

比起憤怒，她的眼神看起來更像是哀傷。

怎麼辦……為什麼是由我決定？現在到底是什麼狀況？和奈砂一起去看煙火，以及和祐介他們一起去茂下燈塔，都不是我決定的事，是別人擅自替我決定的。別的不說，為什麼奈砂想和我一起去看煙火……因為游泳比賽我得了第二名嗎……咦？這麼說來，如果……如果得第二名的不是我，而是祐介，那麼受到邀約的會是……

門開了，祐介穿布鞋的身影映入眼簾。

那麼，受到邀約的會是這小子嗎？

一思及此，我的腦袋變得一片空白，一時衝動下，我抓起奈砂的手，拔腿就跑。

「走這邊！」

「咦？」

我硬生生地拉著因為手被拉扯及行李箱的重量而失去平衡的奈砂，來到店門前，匆匆忙忙地牽起停在門口的腳踏車。

「坐上來！」

「咦？」

「別說了，快！」

「可是……」

就在奈砂遲疑之間，後門傳來祐介的聲音。

「咦？……喂！典道～」

我把行李箱從奈砂的手中搶過來，放到籃子裡。

接著，我再度看著奈砂的眼睛說道：

「坐上來！」

四目相交的瞬間，我看得出奈砂的遲疑消失了。剛才的哀傷眼神已不復在，她帶著豁然開朗的笑容點了點頭。

「嗯。」

奈砂的手環住我的腰，坐上後座。我踩下踏板，平時鮮少雙載的龍頭因為兩人的重量而晃了晃。

然而，待車輪開始在斜坡上滾動之後，速度便安定下來。

背後傳來祐介從後門來到店門前的腳步聲。

「喂！……咦？……奈砂？……典道！你在幹嘛……」

祐介的聲音逐漸被腳踏車的破風聲掩蓋。

速度隨著坡道的傾斜而上升，我可以感覺出奈砂環腰的力道變得大了些，身體也微微靠在我背上。這是我頭一次載著女孩騎車，而且那個女孩是奈砂，不禁令我再度緊張起來。背部及肚子之間傳來奈砂的體溫。當我意識到背部的瞬間，龍頭晃了一下，讓奈砂微微地叫了一聲。我連忙集中精神騎車。

越下坡道就越靠近大海，海風的氣味和在背上搖曳的奈砂髮香味相互參雜，撲鼻而來。正後方傳來一道宏亮的聲音。

「欸！」

「咦？」

「你要去哪裡？」

經奈砂這麼一問，我才發現自己並未決定目的地。當時我只是出於衝動抓住奈砂的手臂。

「……不知道。」

「什麼跟什麼？」

「我不知道啦！」

背後傳來奈砂的竊笑聲，不知何故，我也跟著笑了。

混著海風，一陣「咚……砰……咚……砰……」的聲音傳來。

是在試放煙火嗎？

風力發電機的葉片緩緩攪動山坡反射的餘音。看著前年就已經看慣了的風力發電機，我突然覺得怪怪的。

「喂。」

「幹嘛？」

「風車平時都是往那個方向轉的嗎？」

「咦？我不知道。」

「不是順時針嗎？」

「我說了，我不知道。」

「這樣啊……」

我和奈砂都有一堆「不知道」的事。

我不知道自己採取這種行動的理由，也不知道該何去何從，不過，我現在倒覺得用不著在意這些雞毛蒜皮的小事。

唯一可以確定的是，我和奈砂兩人現在正共乘一輛腳踏車，奔馳在沿岸道路上。但願這段時光能夠永遠持續下去……我腦中浮現俗濫流行歌曲般的字句，隨即又被背後傳來的奈砂說話聲給打消。

「欸……騎到車站去吧！」

【神社】

電車經過。

平交道的柵欄往上升，祐介來到聚在階梯上的純一等人身邊。

純一：「你怎麼這麼慢啊！」

祐介：「囉唆！」

純一：「啊？你在發什麼脾氣？」

祐介：「我沒發脾氣！」

稔：「咦？典道呢？」

祐介：「……不知道！」

純一：「咦？你到底在發什麼脾氣啊？」

從市中心駛向沿海地帶的茂下電鐵以茂下站為終點站。

茂下電鐵從前載運了許多海水浴場的遊客及前往茂下燈塔的觀光客，但是，現在幾乎只有本地居民才會搭乘，變得冷清許多。有風聲說再過幾年就會廢線，而前年改為無人車站，更是增添這個風聲的可信度。

在只有售票機和果汁自動販賣機的老舊木造候車室裡，我和奈砂無所事事地坐在長椅上。當我為了掩飾尷尬之情而四下張望時，注意到貼在牆上的煙火大會海報。

對了……煙火大會！純一他們已經去燈塔了嗎？

時鐘的指針剛過五點。我把視線從時鐘移開，偷偷瞥了隔著一人份空位與我並排而坐的奈砂一眼。

奈砂叫我帶她來車站，但是她並沒有買票，我不知道她有何打算。別的不說，我們不是要去看煙火嗎？

「……話說回來……」

「咦？」

「妳不去看煙火嗎？」

「……你想去？」

「咦？是妳說要去的啊。」

「是嗎？」

不知是在裝蒜還是真的忘了，奈砂微微一笑，身上的浴衣有些紊亂，大概是因為她剛才又是奔跑又是跳上腳踏車之故吧。成熟的浴衣非常適合奈砂，不過，我當然沒有勇氣對本人這麼說。我甚至不敢直視她，只能一直看著腳下。

此時，我發現奈砂草鞋後方的格紋行李箱。仔細想想，浴衣配上行李箱，這種組合實在很奇怪。

「那是……」

「咦？」

「那行李箱是做什麼用的？」

「哦，這個啊？」

奈砂把行李箱拉過來解開金屬鎖，裡頭塞滿的東西蹦了出來，散落一地。

「哇！」

我驚訝地一看，是T恤、洋裝、襪子、襯衣、毛衣……布偶、用途不明的小袋子和……化妝包？是這個名稱嗎？

總之，全是些不像是為了看煙火而準備的東西。

咦？這傢伙到底想去哪裡？

「哎呀，掉了一地。」

奈砂蹲在地板上，開始撿拾散落的物品。她拿起布偶時，對我露出淘氣的笑容說：

「幫一下忙嘛。」

「啊……哦。」

我依言蹲了下來，撿起衣物和襪子。

這是我頭一次觸碰母親以外的女性衣物。一股和洗衣精不同的淡淡甜香味直竄鼻腔，是剛才騎腳踏車時也曾聞到的奈砂香味。

「欸，要不要去其他地方？」

奈砂將行李箱恢復原狀之後，站了起來，看著時刻表說道。

她像是對著我說話，又像不是。不過，這裡只有我和她兩個人，應該是在詢問我吧。

「咦？其他地方？要搭電車嗎？」

「有人來車站不搭電車的嗎？」

「可是，煙火……」

不是約我去看煙火嗎？

奈砂打斷我的話語，興高采烈地繼續說道：

「東京？大阪？」

「咦？」

「去哪裡都行，不過，越遠越好。」

東京？大阪？

這兩個字眼完全出乎我的意料，我一時間無法理解。奈砂和陷入輕微混亂的我正好相反，依然笑得很開心，但笑容顯得有些空洞。我們離得這麼近，我卻看不出她的真正心思。

我忍著焦慮，拚命思考。

這傢伙從一開始就沒打算去看煙火嗎？還有，東京？大阪？什麼意思……咦？該不會……

「離家出走？」

剛才從行李箱中散落一地的物品和終於理解的地名連結起來。

「對吧？妳離家出走了？」

我帶著十足的把握詢問奈砂，但是立刻被否定了。

「我才不是離家出走呢。」

「不然是什麼？」

奈砂發起脾氣來，我也忍不住大聲反問。

通往市區的電車車站，行李箱裡的許多衣服，東京或大阪……這不是離家出走是什麼？在短暫的沉默過後，奈砂喃喃說道：

「……私奔。」

私奔……意料之外的字眼又讓我的腦子產生小混亂，字典功能再度當機。

「……私奔……我們要一起去死嗎？」

「那是殉情！」

【鄉間小路】

傍晚的山脈稜線上約有十座風力發電機併立轉動著葉片。
祐介等人慢吞吞地行走。
燈塔的距離比想像中更遠，大家都一臉不高興。
祐介揮舞著路邊撿來的樹枝。
和弘：「背包好重……欸，我們休息一下啦～」
純一：「別鬧了，是你說要去的耶。」
和弘：「（放下背包）我不行了……」
稔：「話說回來，那裡頭裝了什麼啊？」
稔走過來，打開背包。
裡頭裝滿香蕉、蘋果、零食和寶特瓶裝飲料等等。

純一：「（窺探）什麼鬼啊？」

稔：「你是要去擺攤嗎？」

遠處傳來煙火升上空中的聲音。

祐介：「喂！再不快點會來不及啦！」

純一等人見祐介發這麼大的脾氣都嚇一跳。

純一：「他到底怎麼了？」

奈砂隔著車站的木造廁所牆壁跟我說話。

「我覺得女生不管去哪裡都有工作可做。」

我背對牆壁站著，活像在把風，但全副精神都集中在牆壁另一頭的奈砂身上。四下無人，只有奈砂的說話聲、呼吸聲與換衣服的聲音。窸窣聲響起，腰帶輕輕地掛到牆上。

「只要謊稱已經滿十八歲就行了。」

「妳看起來一點也不像。」

「是嗎？」

說著，這回腰帶上多出一件浴衣。

這麼說來……現在奈砂身上只穿著內衣褲？

一瞬間，我險些開始妄想她的這副模樣。

我覺得不說話會被她看穿心思，硬是找話題地說：

「話說回來……妳想去哪裡工作？」

「八大行業之類的？酒店小姐？或是酒吧的女酒保？」

「不行吧……」

我無法克制心臟撲通亂跳，瞥了下方一眼，只見牆壁的另一頭，奈砂的腳正從草鞋換上紅色皮鞋……那叫做包鞋嗎？就連腳掌的生澀動作看起來都顯得很性感，害我的注意力完全無法集中在對話上頭。

雖然隔著牆壁，但是奈砂就在僅僅五十公分之外脫掉浴衣，實在令我心癢難耐，因此我走向鐵軌。

遠處傳來電車喀噹喀噹駛近的聲音。我大聲說話，好讓牆壁另一頭的奈砂也能聽見。

「喂，電車來了。」

「嗯，我換好了……」

回頭一看，奈砂從牆壁後頭緩緩現身。

胸口略微敞開的黑色洋裝，加上剛才瞥見的紅色包鞋；辮子解開的頭髮呈現平緩的波浪狀，隨風搖曳。

她似乎不只換了衣服，還化了妝，嘴唇是紅色的。

和剛才的奈砂判若兩人。

奈砂似乎也有自覺，臉上浮現靦腆之色。

她沒有直視我的眼睛，喃喃問道：

「如何？看起來像十八歲嗎？」

我不知道看起來像不像十八歲，不過，在薄暮籠罩的車站月台上隨著微風搖曳的奈砂……非常美麗。

直到此時，我才明白「美麗」這個詞彙的意義。

「看起來像十八歲吧？」

「啊……呃……嗯……」

我搜索枯腸，依然找不到具體的詞語。我有種感覺，要是一開口就會說出不該說的話，因此只是專心把奈砂的身影烙印在眼底。

奈砂依然沒有正視我，從口袋中拿出某樣東西。

「你看。」

「咦？」

奈砂手上是那顆不可思議的珠子，和白天看到時的印象不太一樣，或許是因為天色昏暗的關係。

「……那是在游泳池的時候拿給我看的……」

「這是我今天早上在海邊撿到的。」

我的腦海裡浮現今早騎腳踏車時在海邊看見的奈砂。

「不知道為什麼……發現這顆珠子以後，我就萌生了離開的念頭。」

「……」

「不對……不是那時候……對，是你贏了游泳比賽以後，我才決定離開的。」

「咦？」

今天一天發生了太多事，幾小時前的事感覺像是很久以前的事。早上看見奈砂，在喧鬧的教室中與奈砂四目相交，她在游泳池邊給我看了這顆珠子，我游泳時撞到腳，比賽輸給祐介……

不，不對，贏的是我。

可是……這是什麼感覺？剛才我似乎也有同樣的感受。

對了，和祐介他們道別的時候，我明明沒有受傷，右腳跟卻有股疼痛感，就和那一瞬間的感覺一樣。不，可是，我確實贏了祐介，然後奈砂約我去看煙火……後來怎麼了呢？回到教室以後，純一、和弘及稔在爭論「高空煙火是圓的還是扁的」……回家後，發現祐介在我房間裡……我去診所上藥……不對，我又沒有受傷，幹嘛去診所？奈砂跑來我家……然後，奈砂的母親在Y字路帶走奈砂……

咦？那我現在怎麼會和奈砂待在這裡？

嗶！

只有一節車廂的茂下電鐵電車一面鳴笛一面駛近。

「你肯跟我一起走嗎？」

奈砂筆直地望著我的眼睛。

我認得奈砂這種祈求般的眼神。

「……」

但是我並未回答，因為我的腦子仍然一片混亂。

宛若分別走上Y字路的左右方，度過了截然不同的一天，兩種記憶混雜。

在哪裡？左右方的分歧點在哪裡？

行駛聲又加上剎車聲，電車緩緩地滑進月台。

再過不久，電車就會完全停住，打開車門。

到時我該怎麼做？

和奈砂一起搭上電車嗎？

搭上電車以後，要去哪裡？

奈砂目不轉睛地凝視著遲遲沒有回答的我，她的眼眸似乎有點濕潤。我雖然有種腦袋被攪得一團亂的感覺，還是張開嘴巴，試著找出答案。

此時，剪票口方向傳來一道尖銳的聲音，劃裂我和奈砂之間的空氣。

「奈砂！」

這道聲音……我聽過……

回頭一看，是奈砂的母親，她身後還有一個沒看過的中年男人。

奈砂的母親從無人的剪票口跑向我們，表情顯然充滿憤怒。她的那副模樣和這種身體僵硬的感覺……我都有印象。

咚！

就在我被神祕的似曾相識感包圍，愣在原地之際，突然有道鈍重的衝擊竄過我身體。奈砂拿著行李箱把我撞開，衝向月台角落的柵欄。

「奈砂！站住！」

奈砂的母親和那個男人怒吼著跑過我面前……這個大叔是誰啊？不知是不是因為行李箱太重，又穿著不習慣的鞋子所以跑不快，奈砂在抵達柵欄之前，就被她母親和那個大叔輕而易舉地抓住。

我依然動彈不得，只能眼睜睜看著這一幕上演。

「奈砂！妳的腦子到底在想什麼！」

奈砂拚命抵抗，試圖甩開母親。

「住手！放開我！住手！」

「妳鬧夠了沒！老是這樣子！」

「囉唆！放開我！放手啦！」

不久後，不知道是虛脫了，還是死心了，奈砂被母親和大叔分別抓著左右上臂，連拉帶拖地朝著我的方向走來。

「典道！救我！」

「！」

奈砂突然直呼我的名字，以及她的母親聽了她的呼喚聲後狠狠瞪了我一眼，都令我大為動搖，渾身僵硬。

被拖向剪票口的奈砂繼續大叫：

「不要！我不要去！我不想去！」

這幅光景，這道聲音，我確實聽過。不同的是地點，還有……剛才沒有大叔，只有奈砂和她母親而已……等等，「剛才」是什麼時候？

我的腦袋變得更加混亂，但唯有一點我很清楚，就是我絕對在某處看過這幅光景。

「別碰我！欸，放手啦！」

奈砂如此大叫，甩動被大叔抓住的右臂。瞬間，那顆珠子從她手中掉落。

「典道！救我！欸，典道！」

奈砂看著我哭喊的臉龐和掉落地面的珠子化成慢動作畫面。

珠子掉落砂礫地面的瞬間，我拔足疾奔。

不能讓他們走！

剛才……雖然不知道那是什麼時候，但剛才我只能眼睜睜看著奈砂被帶走。

可是，現在……不能讓他們走！我必須把奈砂搶回來！

我在剪票口前追上奈砂他們，並在一時衝動之下抓住大叔的手。

「你想幹什麼！」

「放手！」

我使盡全力，但是被堅硬肌肉包覆的手臂文風不動。

大叔試圖甩開我，瞬間，他的手肘狠狠擊中我的臉頰。

「好痛！」

這股衝擊使得我輕易鬆開手臂，就這麼倒在地上。

「你在幹什麼？」

大叔俯視著我，嘴角似乎浮現微微的笑意。

「典道！典道！」

奈砂的身影和聲音消失於剪票口的另一頭。結果，我又救不了奈砂……又？

……沒錯，「又」。

剛才我也是這樣倒在地上……不對，倒在地上的是祐介……被打的也不是我……是我毆打祐介。可是，是什麼時候？就在我望向自己毆打祐介的右手時，我發現那顆珠子就掉在前方。

我撿起珠子，珠子和普通的石塊一樣冰冷。然而，在我腦海中糾結交纏的雙重記憶絲線稍微解開了。

我輸掉五十公尺游泳比賽，當時腳受了傷，在診所遇上奈砂，而奈砂在Y字路被帶走……

這顆珠子……對了，我扔出了這顆珠子。

如果……如果……當時我……怎麼樣？我是抱著什麼想法扔出這顆珠子？不過，扔出這顆珠子之後……就發生了不可思議的事……活像另外度過了相同的一天……

唰！

停靠的電車關上門的聲音將我拉回現實。

老舊的單節電車開始喀噹喀噹地行駛。

我目送逐漸遠去的電車，想起奈砂的話語。

『東京？大阪？去哪裡都行，不過，越遠越好。』

如果，如果……奈砂的母親他們再晚一點來到車站……我和奈砂會搭上這輛電車嗎？

烏鴉在上空啼叫，宛若在憐憫被獨自留在茂下站月台的我。

被大叔的手肘打中的臉頰隱隱作痛。

我已經沒有理由繼續留在車站，便牽著腳踏車走在未鋪柏油的鄉間小路上。

天色逐漸變暗，山脈稜線邊緣的天空染上濃濃的橘色。

那顆珠子我不能隨便丟掉，便放進口袋裡帶走了。

來到十字路口時，農路方向傳來再熟悉不過的聲音。

「煙火大會快要開始啦～」

「什麼時候才會到啊～」

「囉唆！快點走啦！」

背著大背包的和弘正對身後的純一與稔發脾氣。

對喔，從茂下神社前往燈塔，走這條農路最近……

此時，純一發現了我，小跑步過來。

「咦？這不是典道嗎？」

「嗨、嗨……」

「嗨！典道！你跑去哪裡摸魚啦！」

和弘與稔也走過來，但是他們身後的祐介卻只是站在原地，用乾燥的眼睛看著我。

「你為什麼沒來神社？」

純一問道，輕輕踹了我的腳踏車一腳。

「啊，嗯……我臨時有事……」

我偷偷瞄了祐介一眼，祐介仍然看著我。原來如此，祐介並沒有把我和奈砂的事告訴大家……

「那你是把事情辦完了才趕來的？」

「咦？啊，嗯，對對……」

雖然遇上他們只是巧合，但我還是反射性地配合純一的說法。

「那我們一起去燈塔吧！」

「啊，嗯……」

「老實說，煙火是圓是扁我已經完全不在乎了。」

稔嚼著模範生點心餅，坐上我的腳踏車後座；純一則是把我的手從龍頭上扒開，載著稔開始踩腳踏車。

「我也是～」

和弘緊追在後，發起脾氣來。

「別鬧了！我們是為了什麼才走這麼長一段路！快走啦！」

三人走在前方，茂下燈塔的微小燈光在另一頭的山上旋轉。到頭來，我還是得跟這群人一起去燈塔。正當我滿心無奈地舉步追趕——

「……奈砂呢？」

「咦？」

我錯愕地回過頭，祐介不知幾時間來到我的身後。

就近一看，可以從他乾燥的眼底感覺到些微怒意。

「啊……她已經走了……」

我本來想說明車站發生的事，又覺得這麼做只會把事情變得更加複雜，便打消了念頭。

「還有，奈砂怎麼會跑去你家？」

或許是聽了我含糊不清的說詞而變得更加焦躁，祐介怒氣沖沖地質問。我想解開誤會，但是另一個記憶參雜混合，讓我分不清哪個是「現在」。

「呃，是在……游泳池……」

「什麼？」

「呃，我不知道該怎麼說明，就是……」

「咦？你們在交往嗎？」

聽了祐介這句過於突然的吐嘈，我忍不住大聲說：

「啊？沒有啦！怎麼可能！」

「不然咧？」

我也不明白。不過，要是我把發生的事一五一十地說出來，祐介只會更生氣。左思右想之後，從我口中吐出的只有搪塞之詞。

「呃……就是……」

「……你真的很煩耶！」

祐介撂下這句話以後，便走向純一他們。我們認識了這麼久，這大概是祐介頭一次對我不耐煩地咂舌吧。

「哦！應該勉強趕得上吧？」

「啊！人好多喔！」

純一和稔跳下腳踏車，拔足疾奔。

我們抵達茂下燈塔矗立的沿海山丘時，距離煙火大會開始的晚上七點還有幾分鐘。

從山丘俯瞰茂下海岸，可看見海岸上人山人海，祭典攤位的燈光連綿不絕。獨自浮在海灣正中央的茂下島雖然一片幽暗，但是可以看見煙火師傅蠢動的身影。

如同和弘在教室裡大力主張的一般，從這個地點確實能看見煙火的側面。

「怎麼樣！是圓的？還是扁的？」

稔似乎處於疲憊與激動交雜的狀態。

「還沒開始放啦！再說，當然是圓的啊。」

和弘自信滿滿地回答，純一立即吐嘈。

「如果是扁的，作業全都給你寫喔。話說回來，難得來了要不要去上面看？」

「上面？燈塔上面？」

朝著純一指示的方位望去，可看見茂下燈塔的光線正緩緩轉動著。

「哦，好主意！」

說著，稔走到燈塔底下，伸手推動高約一公尺的小門，只見門隨著一道金屬咿軋聲輕易地開啟。

「哇！好酷喔！有樓梯耶！快來！」

稔一面窺探內部，一面反手向我們招手。

「哦，好酷喔~可以進去嗎？有點恐怖耶。」

純一嘴上這麼說，聲音卻是興奮不已。

我從純一身後窺探門內，只見有道螺旋梯浮現於黑暗中。打從幼稚園遠足以來，我來過茂下燈塔好幾次，這是我頭一次看見燈塔內的模樣。

「沒關係嗎？上面寫著相關人士以外禁止進入耶。」

和弘發現貼在門口旁邊的牌子。

「沒關係啦！再說，我們就是相關人士吧？廢話少說，快上去吧！」

我們無暇對純一的歪理吐嘈說：「我們是哪門子的相關人士啊！」直接走進門內。螺旋梯旁等間隔亮著白色的緊急逃生燈，空間相當狹窄，僅容一人行走。

「喂，和弘！你打頭陣！」

「為什麼？」

「你有手電筒啊！」

明明是頭一個跑進來，純一卻突然膽怯了，把和弘推到前頭。我們按照和弘、純一、稔、我、祐介的順序緩緩爬上樓梯。

在和弘的手電筒照射下，可看見螺旋梯滿布蜘蛛網，就像恐怖電影一樣令人毛骨悚然。

「超恐怖的～」

和弘用手撥開蜘蛛網，發出細若蚊蚋的聲音。

這座燈塔並沒有宏偉到足以成為觀光勝地的程度，只要花上一分鐘，就可以爬上高約十五公尺的塔頂。

然而，和弘一直裹足不前。

「快走吧！快放煙火了！」

純一焦急地推了推和弘的背部。

「我知道啦！」

和弘的聲音——

咻～砰！砰砰！

他的聲音突然被外頭震耳欲聾的聲音蓋過了。

「啊！」

「開始了！」

「快走啦！喂！」

被純一推一把的和弘似乎豁出去了，大聲叫道：「喔喔喔喔～」揮舞手電筒衝進蜘蛛網中，跑上螺旋梯。

「好～～」

「上啊～～」

純一和稔也跟著衝上樓梯。

「是圓的？還是扁的？」

「當然是圓的啊！」

「那可不一定！」

晚了一步的我和祐介被留在樓梯上。打從剛才開始，祐介就沒用正眼瞧過我，也沒加入和弘他們的對話。

「走吧……」

我頭也不回地說道，但他沒有回答。我沒放在心上，繼續前進。

「……喂！」

爬了兩、三階，背後響起祐介的聲音。

我回過頭，只見祐介瞪著我的眼睛。面對他莫名的壓迫感，我不由自主地畏縮了。

「……幹嘛？」

雖然不明就裡，但我總覺得害怕就輸了，便扯開嗓門說話，可是祐介的聲音比我更大。

「……等暑假結束以後，我要告白！」

「咦？」

「第二學期開始以後，我一定要跟奈砂說我喜歡她！」

說著，祐介故意撞我一下，衝上螺旋梯。

這小子是怎麼回事啊？沒頭沒腦的……我不知道該做何反應，也追了上去。

純一他們全都擠在螺旋梯盡頭的狹窄平台上。

「打不開！搞什麼鬼啊？」

「用力一點推啦！」

通往外頭的門似乎生鏽了，文風不動。門後傳來的煙火爆裂聲的間隔越來越短。

「快點啦！快放完了！」

和弘歇斯底里的聲音響徹四周。

「才剛開始放而已啦……大家一起用力撞吧。」

純一突然捲起袖子。

「數到三就一起撞！知道嗎……喂，動作快點！」

「哦、哦……」

我們被純一的氣勢壓過，以侷促的姿勢在門前排成一排。

「要上了……一、二、三！」

隨著純一的吆喝聲，五個人的身體一起撞向門。

碰！

門一撞就開了，我們全都跟著倒在地上。

「痛死了……」

「喂，閃開啦！」

「誰壓在我身上啊！」

叫聲此起彼落，最先起身的純一朝著柵欄探出身子叫道：

「怎麼樣？」

稔與和弘也跟著並排站到柵欄前。

咻～～煙火施放聲響起，我們注視著夜空。

「是圓的還是扁的？」

宛若對稔的話語做出回應，煙火在空中爆裂。

砰！砰砰！

人生首次從側面觀賞的煙火……是扁的。

「……咦……」

數道煙火在我們呆然凝視的夜空中交錯，道道都是細橢圓形……換句話說，是扁的，和平時看到的煙火截然不同，毫無看頭。

「你看！明明就是扁的！」

純一開心地和稔擊掌，和弘則是驚訝得說不出話。純一和稔抱在一起慶祝：「全部的作業！太棒啦！」他們的說話聲聽起來像是從遠處傳來一般。

我明明不在乎煙火是圓是扁，可是這時候，心頭卻湧上一股無法接受的感覺。好奇怪，好奇怪，似乎有什麼不對勁。

就在我呆愣仰望煙火之際，和弘的嘀咕聲傳入耳中。

「不可能！煙火是扁的，根本不合理！」

沒錯，根本不合理。煙火……應該是圓的。煙火是扁的世界不可能存在。可是，現在眼前的煙火確實是扁的。

為什麼會發生這種事？

為什麼我認為煙火是圓的？

「……怎麼可能……」

『哪來這種世界？』

和弘的話語和不知何時聽過的祐介話語重疊起來。

同時，雙重的記憶絲線也完全解開。

『如果……那時候……我贏了的話……』

我抱著這個想法，扔出那顆不可思議的珠子。

這就是Y字路的分歧點。

這種現象一定是奈砂撿來的那顆珠子引起的，而我的強烈祈願就是重新來過的起點。

既然如此，我該做的事只有一件。

我握著口袋裡那顆不可思議的珠子，呼喚祐介。

「祐介。」

我沒有等他回答，繼續說道：

「……我會把奈砂搶回來的。」

【燈塔上方】

片段閃過——

典道在Y字路扔出如果珠。

四周被光芒包圍，化為異次元空間。

游泳池中的典道與奈砂四目相交。

典道在房間裡和祐介說話。

祐介：「別的不說，煙火當然是圓的啊。」

典道：「咦？是嗎？」

祐介：「是啊。咦？你是認真的嗎？」

典道：「（覺得很丟臉）呃，嗯……」

祐介：「你是白痴啊？有哪個世界的煙火是扁的。火藥爆炸，當然從任何角度看都是圓的啊。」

典道：「這樣啊……可是，如果是扁的怎麼辦？」

祐介：「哪來這種世界？」

回到現在——

典道從口袋中拿出珠子，用力朝著夜空中的扁平煙火扔去！

典道：「如果我——」

飛向空中的珠子散發不可思議的色彩與光芒，周圍宛若成了異次元空間。

典道、祐介與純一等人被光芒包圍。

眾人：「咦！」

「如果我和奈砂搭上了電車的話！」

如果世界・2

遠處傳來電車喀噹喀噹駛近的聲音。我大聲說話，好讓牆壁另一頭的奈砂也能聽見。

「喂，電車來了。」

「嗯，我換好了……」

我垂著頭轉過身子，首先映入眼簾的是紅色包鞋；抬起視線一看，只見奈砂帶著靦腆之色佇立著。

胸口略微敞開的黑色洋裝，呈現平緩波浪狀的頭髮，還有似乎上過妝的淡紅色嘴唇。

和剛才的奈砂判若兩人。雖然我這麼想，卻又覺得似乎見過奈砂這副模樣。

或許是我的凝視讓奈砂害臊，奈砂始終沒有直視我，喃喃說道：

「如何？看起來像十八歲嗎？像吧？」

「啊……呃……嗯……」

我搜索枯腸，依然找不到具體的詞語，不知該如何是好，只能猛抓自己的腦袋。

奈砂依然沒有正視我，從口袋中拿出某樣東西。

「你看。」

「咦？」

奈砂的手上是那顆不可思議的珠子。

「……那是在游泳池的時候拿給我看的……」

「這是我今天早上在海邊撿到的。不知道為什麼……發現這顆珠子以後，我就萌生了離開的念頭。」

「……」

奈砂凝視著手上的珠子，繼續說道：

「不對……不是那時候……」

「是我贏了游泳比賽以後？」

聽到我先一步說出這句話，奈砂驚訝地抬起頭來。不過，我自己比奈砂更加驚訝。

看到奈砂穿著洋裝的模樣之後，我就覺得怪怪的。起先我以為是自己看奈砂看得出神，但是並非如此。

因為有印象，才覺得怪怪的。

茂下站的冷清月台，橘色、黃色和些許靛藍色交雜的天空，眼前的奈砂，以及奈砂手上的珠子——這幅景色和感覺我都記得。

這不是似曾相識，也不是既視感什麼的，我應該……不，我一定曾經站在這個地方。

而且馬上就會有事發生……是某種非常不愉快的事……

嗶！

電車的警笛聲響起。

「你肯跟我一起走嗎？」

奈砂筆直望著我的眼睛說道。

我確實認得奈砂這種淚光閃閃的祈求般眼神。

「……」

行駛聲又加上剎車聲，電車緩緩地滑進月台。

再過不久，電車就會完全停住，打開車門。

到時我該怎麼做？就算和奈砂一起搭上電車，我們能去哪裡？

任我想破腦袋，也想不出答案。不過再拖下去，壞事就要發生了——這種近似確信的預感催促著我。

「欸，之前是不是也發生過這種……」

「奈砂！」

剪票口方向傳來一道尖銳的聲音，劃裂我和奈砂之間的空氣。

對，就是這道聲音。這道聲音總是帶來「壞事」。

回頭一看，果然如我所想，是奈砂的母親和一個中年男人。兩人穿過剪票口，怒氣沖沖地跑向我們。

看見他們的表情，我雖然吃驚，卻沒有害怕的感覺。然而，奈砂把我撞開，衝向月台角落的柵欄。

「奈砂！站住！」

奈砂的母親和那個男人怒吼著跑過我面前。我看著這一幕，思考自己該怎麼做。之後，奈砂就會……

「奈砂！妳的腦子到底在想什麼！」

奈砂在跨越柵欄之前被母親抓住了。

「住手！放開我！住手！」

奈砂的拚命抵抗只是徒勞無功，她被母親和大叔分別抓著左右上臂，拖向剪票口。

似曾相識的光景在眼前重現。我明明知道，不知何故卻動彈不得。

「典道！救我！」

奈砂的聲音傳來，這聲音我聽過好幾次。上一次，我完全愣住了，一動也不動，而這次我依然不知道該如何是好。

腦袋變得更加混亂，但唯有一點我很清楚，就是我絕對在某處看過這幅光景。

「不要！我不要去！我不想去！」

奈砂的叫聲逐漸遠去。我必須救她……雖然這麼想，腳卻像是釘住了，離不開原地。

「別碰我！欸，放手啦！」

叫聲變得更遠。我該怎麼辦……？

「典道！救我！欸，典道！」

奈砂的聲音響起，我猛然抬起頭來。奈砂揮動被抓住的右臂，手上的珠子因為反作用力而飛了出去。

看見珠子落地的瞬間，我像是定身術解除了一般，拔足疾奔。

不能讓他們走！

我在剪票口前追上奈砂他們，並在一時衝動之下抓住大叔的手。

「你想幹什麼！」

「放手！」

我使盡全力，但是被堅硬肌肉包覆的手臂文風不動。

大叔試圖甩開我，手肘……對了，他的手肘會擊中我的臉頰！我反射性地把頭往後仰，手肘揮了個空。

大叔收勢不住，失去平衡。我用身體狠狠撞向他，可以感覺到右肩嵌進他的側腹。

「嗚啊！」

我和短促叫喚一聲的大叔扭打成一團，倒在地上。

砂礫嵌進我的左手手掌，我一瞬間感到疼痛，卻直接使勁撐起身子大叫：

「奈砂！」

這是我頭一次直呼奈砂的名字，但現在這種事不重要。見我和大叔扭打成一團，奈砂的母親大吃一驚，放開了奈砂；我一察覺，便立刻伸出右手。

同時，即將關閉的電車門映入眼簾。

「快走！」

我抓住奈砂的手腕，用力一拉。

我們就這麼跌進電車裡，同時，車門也完全關上。

「奈砂！站住！」

門外傳來奈砂母親的聲音，隨著微微的左右晃動，電車開始緩緩行駛。

我和奈砂起身時，電車已經離開月台，在車窗外大呼小叫的奈砂母親與大叔也逐漸遠去。相對地，天空在視野中拓展開來，比剛才在車站看見的時候更增添幾分藍。

快入夜了。對了，今晚有煙火大會。

我和純一他們……不對，和奈砂約好……咦？是和誰啊？我和誰約好一起去看煙火？

我回溯記憶，在無意識間垂下視線，發現自己的左手握著那顆不可思議的珠子。

咦……這是什麼時候跑到我的手裡？剛才明明是掉在車站的月台上啊……怎麼回事？

奈砂的聲音打消我腦中浮現的幾個疑問。

「好厲害！典道，原來你這麼會打架啊！」

回頭一看，不知幾時間，奈砂已經坐在座位上。

「啊，不，那只是一時情急……話說回來，那個人是誰？」

「唔？是我媽咪的再婚對象。」

「咦？」

奈砂說得若無其事，但從她略微撇開的視線，我可以感覺出她對那個大叔懷有複雜的情感。

「這樣啊……？」

我該繼續追問嗎？還是該改變話題？另一個小小的疑問開始在腦中蠢動。

「哎，坐吧，難得整個車廂都被我們包下來。」

奈砂拍了拍套著紅色椅套的座位。

環顧周圍，狹窄的車廂裡只有我和奈砂兩個人。

雖然依言坐下有點難為情，但我後來還是趁著電車駛進短隧道裡，車廂變暗的時候在奈砂的身邊——說歸說，大約隔了七十公分遠——坐下來。

「媽咪說她要再婚。」

電車轉眼間穿過隧道，奈砂的側臉比我想像中更近，我連忙抬起屁股，打算拉開距離，但是奈砂反而靠了過來。

「很厲害吧！這是第三次了。」

我只能坐回原位，搜索枯腸，說出的卻是含糊的話語。

「……這樣啊……」

我知道奈砂的母親和死去的父親是再婚的。

「媽咪第一次結婚時搞外遇，對象就是我爹地；她懷了我，所以兩個人就一起私奔，像連續劇和電影演的那樣。所以我是私奔情侶的女兒，很帥吧？」

我覺得奈砂是故意用滿不在乎的口吻訴說沉重的身世，所以，我也盡量用輕快的口吻回答：「啊，哦。」但整顆心沉了下來。

奈砂剛搬來的那一陣子，我曾聽爸媽說過這件事。不知何故，當時媽媽一臉訝異地說出的話語，我仍記得非常清楚。

『他太太大概就是那種命帶桃花的類型吧。』

當時我不懂「命帶桃花」是什麼意思，現在依然不太明白。

不過我知道奈砂的父親過世以後，奈砂的母親開始在小酒館工作，很受茂下町的叔叔伯伯們喜愛。我想，所謂的「命帶桃花」大概就是這個意思吧。

「可是，爹地死了。」

奈砂的語調微微沉下來。

奈砂的父親是在一年前的這個時期過世的。

震災後離茂下海岸而去的衝浪手們逐漸回鍋，奈砂父親經營的衝浪店生意也恢復興隆，就在這時候，一名來自東京的衝浪新手被海浪沖走，奈砂的父親想救人卻反而被拖下水，一起溺死了。茂下海岸的潮流十分湍急，她父親的屍體是在兩天後的早上被沖上岸。

當天的事我還記得。一大早，爸媽就大呼小叫，我追著衝出家門的爸爸前往海岸。

海岸邊擠滿了人，沙灘上，奈砂的母親趴在略微鼓起的藍色塑膠布上哭得呼天搶地。

奈砂不顧波浪打濕了身體，對著塑膠布大叫。即使隔得遠遠的，我也看得出她的手因為緊緊握拳而泛白。

「還不到一年，媽咪就要和別的男人……真不敢相信……」

奈砂和那天一樣緊緊握著拳頭。

她垂著頭，所以我看不見她的表情，不過見到她這副模樣，在腦中蠢動的許多疑惑都有了答案。我想，奈砂八成是無法接受母親的再婚對象，也不願意和他一起生活，所以才離家出走。

「……所以妳才離家出走？」

我對著奈砂的側臉問道，她只是低著頭，並未回答。

「對吧？」

奈砂突然站起來，居高臨下地俯視著我說道：

「可不可以別用離家出走這麼幼稚的字眼？」

她擋在我的眼前，讓我有點畏怯，但我不甘示弱地反駁：

「不然是什麼？」

奈砂往前屈下身子，把臉湊向我，用食指戳了戳我的鼻尖。

「私奔。」

「啊？」

「我和你是私奔，因為我遺傳了媽咪的水性楊花。」

「……」

她的必殺笑容攪動我全身上下的血液。

為了避免被她看見變得紅冬冬的臉龐，我故意反問：

「……接下來該怎麼辦？」

咦？話說出口，連我自己都吃了一驚。這樣豈不像是我接受了奈砂所說的「私奔」嗎？不不不，我可沒這個意思。我們才國一，現在正在放暑假，作業也還沒寫……我的腦子裡產生一陣小混亂，而逼近眼前的奈砂依然筆直地望著我。

「剛才不是說過了？我們去東京過兩人生活吧。」

「啊？」

「如果特種行業行不通，我就當偶像好了。」

「什麼跟什麼啊？」

這句突如其來的話語惹得我發笑。奈砂還是老樣子，露出神祕的微笑，教人分不清她是認真的還是在說笑。

「不行嗎？我覺得應該沒問題啊。」

奈砂突然打直腰桿，閉上眼睛，吸了口氣。

「『你輕聲訴說，沒有不會天明的黑夜。』」

咦？歌曲？

那是一首我沒聽過的歌。突然唱起歌的奈砂令我困惑，明知沒有其他乘客，我還是忍不住四下張望。

奈砂無視我，繼續高歌。

「『站在燈塔佇立的海岬上，眺望漆黑的大海。』」

她緩緩睜開眼睛凝視著我。我難以承受她的視線，連忙在她唱出下一段歌詞之前打斷她。

「咦？等、等等，這是什麼？」

「這是媽咪常在卡拉ＯＫ唱的歌，聽說是一個名叫松田聖子的人唱的，我從小聽到大就學起來了。」

奈砂停止唱歌，回答我的問題，隨即又引吭高歌。

「『煩惱憂慮的日子，哀傷挫折的時候，因為有你陪伴，我才能度過。』」

為什麼突然唱起歌？為什麼要唱這首歌？想吐嘈的事很多，不過，隨著奈砂的歌聲越發嘹亮，我也漸漸被這首歌吸引。

從車窗射入的陽光變弱，光線全集中在奈砂身上。雖然聽歌的只有我一個人，但是老舊的電車看起來宛若舞台一般。

「『朝陽從水平線上射出了光箭。』」

遠遠望去，沉落茂下海的是夕陽，不過，橫渡海面的餘暉看起來確實宛若光箭。

「『琉璃色的地球環繞著我倆。』」

唱到這裡，奈砂似乎滿足了，在我身旁重新坐下。

我不知道「琉璃色」是什麼顏色，但是，看著夕陽對側的天空逐漸變藍，我想或許就是這種顏色吧。

燈塔、大海、光箭、我倆……奈砂演唱的歌詞彷彿象徵著今天一天在我周圍發生的事。

原本要和純一他們一同前往的茂下「燈塔」，奈砂停駐的「大海」，我扔出的那顆不可思議的珠子發出的「光箭」，以及我和奈砂——「我倆」多次造訪的……如果世界。

我隱隱約約地明白了。

只要我強烈地祈求「如果那時候……」並扔出左手中這顆不可思議的珠子，就能夠回到「那時候」。換句話說，這顆珠子——它創造了如果世界，就叫它「如果珠」吧——正是引發這種奇妙現象的契機。

倘若真是如此，奈砂在海邊撿到的這顆「如果珠」究竟是什麼來歷？我對於科幻故事、時光旅行或男女互換靈魂之類的電影、小說和動畫毫無興趣，不過，今天體驗到的一切或許就是這類事物。可是，這是現實啊……不，我能夠斷定嗎？莫非這是一個很長很長的夢？也許我會在某個時刻醒來，和平時一樣窩進廁所，聽見媽媽怒罵「快點去吃早餐」，吃完早餐以後，騎著破腳踏車衝下坡道，和祐介、純一、稔比賽誰先到學校，在沿海的木棧道上奔馳……看見奈砂佇立於灘線上……

沒錯，這不可思議的一天，或許全都是始於奈砂在沙灘上撿到「如果珠」。起先，珠子是奈砂在海邊撿到的，後來在Y字路的爭執中落到我手裡。我使用這顆珠子開啟第一次的如果世界後，珠子回到奈砂的身上，但由於這回奈砂在車站被她母親逮住，所以珠子又落到我的手中。而第二次的如果世界……回到奈砂身上的「如果珠」……現在就在我的左手裡。

話說回來，奈砂一大早跑到那種地方做什麼？

「我心裡也知道，私奔是不會成功的……」

奈砂喃喃說道，我這才回過神來。

自從搭上電車以來，奈砂的情緒一直起伏不定，甚至引吭高歌，我已經有好一陣子沒聽到她像現在這樣用平常的語調說話。

「可是，我想趁著搬家前……趁著暑假結束前……」

咦？搬家……撲通！我的心跳聲大得像是全身都化成了心臟一般。

不僅限於搭上電車之後，今天一整天我也同樣情緒起伏不定，時而吃驚、時而迷惑，然而，奈砂的「搬家」二字帶來的衝擊卻與目前經歷過的完全不同，震撼我的心臟。

從早上到現在，我遇上的雖然盡是些超乎現實的事，卻都是發生於眼前的真實體驗。

可是，奈砂要搬家的事實在太超乎現實，毫無真實感。

試想，這不就表示奈砂會離開茂下町嗎……換句話說，以後我和眼前的奈砂再也見不到面了……原來如此，母親再婚，代表她要帶著奈砂搬走？

在茂下町土生土長的我，竟然連這麼簡單的道理都沒想到。我以為即使母親再婚，即使不喜歡那個再婚對象，奈砂也會一直待在茂下町。

「咦？搬家……？」

勉強擠出的聲音既微小又嘶啞，不知道奈砂有沒有聽見。

奈砂依然垂著頭，但我看得出她微微地點了點頭。

「所以……在那之前，趁著暑假期間……趁著今天……我想和你……」

逐漸接近的平交道警笛聲掩蓋了奈砂的聲音。

咦？和我做什麼？

我無法追問，只能緊緊握住左手中的「如果珠」。

為了搶回奈砂，我才來到這個「如果世界」、才搭上電車，但是，這個世界的奈砂同樣要去很遠很遠的地方。

我垂下頭，映入視野的是我穿舊了的布鞋和奈砂的紅色包鞋……

那抹紅色深深地烙印在我的眼底。

鏗鏗鏗鏗！

不解風情的刺耳聲音更加靠近，一股無處宣洩的焦躁感湧上心頭。

為什麼？為什麼奈砂要離開？再婚是她母親的自由，但是，也該稍微替奈砂著想一下吧……不必離開茂下町啊……等等，或許奈砂跟母親說過她不想搬家，但是母親不答應……所以奈砂才想離家出走……可是，如同奈砂自己所說的，我們只是國中生，哪有本事離家出走或私奔呢……那該怎麼做……奈砂才不用離開這座小鎮？不，不是該怎麼做的問題。

如果……如果……對，如果……

如此暗想的瞬間，左手突然有股奇妙的熱氣傳來。緊握在手中的珠子似乎微微地發熱。不，不光是發熱，不知道是不是我的錯覺，剛才像顆炮彈一樣黑的珠子彷彿隨著熱氣逐漸變紅了。

對了……如果，如果……奈砂的母親不再婚……不對……要更往前推，把現在的奈砂逼得走投無路的根本原因是什麼？

……如果，如果……對，如果奈砂的父親沒死……

「那是我在爹地那裡撿來的。」

「咦？」

奈砂突然提起「爹地」，一瞬間，我以為她看穿我的心思。不過，看見奈砂望著我微笑，我察覺並非如此。

「爹地那裡？」

「爹地……被沖上岸的地方……」

「……啊！」

早上的光景瞬間重現。剛才我就覺得奇怪，奈砂為何一大早跑去海邊。我對於那個地方的些許記憶，藉由奈砂的一番話連結起來了。

一年前，奈砂趴在被塑膠布裹住的父親身上；今早，奈砂蹲在同一個地方。奈砂的父親被沖上岸的地點就是那裡。

對於奈砂而言，那是她和父親見最後一面的地點。

不自覺使上力的左手變得更熱。

是我自己的體溫傳導到珠子上？還是珠子自行發熱？我不明白。

不過，我知道現在該做什麼。

再度扔出這顆珠子。下次前往的「如果世界」是「如果奈砂的父親沒死」的世界。

今天重演兩次的「如果世界」，分別是幾小時前和幾十分鐘前，可是，一旦我扔出這顆珠子，下次就會回到一年前，已死的人沒死的世界……我不知道這麼做是否恰當，也不知道現在和奈砂所在的這個世界究竟是什麼世界。不過，煙火是圓是扁都不重要。我該做的事，就是幫助奈砂……

我把「如果珠」從左手換到右手。

回到一年前，好不容易長高七公分的身高又會恢復原狀，反正應該還會再長回來吧。我往右手灌注了更多力氣。好，上吧……

「如果——」

在我抬起屁股，高舉手臂的那一瞬間，奈砂似乎察覺了窗外的動靜。

「咦？祐介？」

「啊？」

動作做到一半的我就像演搞笑短劇一樣滑了一大跤，手掛在窗戶上。

從接近平交道的電車上看見了祐介……還有純一、稔及和弘。

換作普通的電車，一瞬間便會經過，但是在緩慢行駛的茂下電鐵上看見的祐介他們，就像是以慢動作接近一般。

「糟了！」

通過平交道的瞬間，我連忙往下縮，卻瞥見仰望電車的祐介他們露出「啊！」的表情。

【平交道】

電車通過，警笛聲停止，平交道柵欄升起。

祐介等人目送電車離去。

祐介：「……」

純一：「咦？剛才那是典道嗎？」

和弘：「而且及川也在耶！」

純一：「咦？到底是怎麼回事？祐介。典道怎麼會在電車上？他們為什麼在一起？」

稔：「他們該不會在交往吧？」

純一：「真的假的！」

純一和稔抱在一起嬉鬧。

看著遠去的電車，祐介愣在原地。

祐介：「……混蛋！」

祐介追著電車在鐵軌上奔跑。

純一：「喂！你在幹嘛啊！」

純一等人追趕祐介。

看著我背對座位跌坐在地板上的蠢樣，奈砂笑了。

「咦？怎麼了？幹嘛露出那種表情？」

奈砂似乎覺得我目瞪口呆的模樣很可笑，笑得更加開心。

看見奈砂的臉上重現笑容，我的心一瞬間也跟著雀躍起來，但現在不是高興的時候。

「哇，被發現了……他們看見我和妳在一起……」

「什麼意思？被看見不行嗎？」

「不行啦……」

「為什麼？」

「因為我今天和他們約好一起去看煙火……不，更重要的是，祐介他對妳……」

「對我怎麼樣？」

「呃……就是……」

我剛才明明還挺帥氣的，現在卻遜成這副德行，連我自己都感到傻眼。而且，電車外傳來的祐介聲音讓我更加混亂。

「典道！你給我站住！」

我來到後車窗邊往外望去，只見祐介他們追著電車跑在鐵軌上。

距離大約是三十公尺……就算行駛得再慢，憑國中生的速度也不可能贏得過電車。不過，等到接近下一站，電車就會放慢速度……話說回來，祐介幹嘛那麼生氣？

我現在和奈砂一起搭著電車……對了，我本來要和祐介去神社，卻在家門前載著奈砂逃之夭夭……站在祐介的角度，就像是我搶走他的心上人一樣……然後，他現在又在這裡看見我們。我好像有點明白他生氣的理由了，卻又不太明白……哎呀，現在不是思考這個問題的時候！

「咦？他追來做什麼？好恐怖！」

不知幾時間來到我身旁的奈砂，看見祐介拚命追趕的模樣也嚇一跳。

「因為……祐介他喜……」

話說到一半，奈砂望向另一邊，突然大聲叫道：

「咦？媽咪！」

「咦？」

仔細一看，一輛輕型車行駛於大海相反側與鐵軌平行的道路上。

奈砂的母親坐在那輛車的副駕駛座上，一面對著駕駛座上的大叔說話一面指著我們。我當然不會讀唇語，不過可以想像得出她大概是在說：「在那裡！快追！」

「該怎麼辦？典道！」

奈砂抓著我的T恤袖口。

我望著後方追來的祐介他們和高速行駛於電車旁的轎車，暗自思索。

電車很快會在下一站停下來，祐介他們會從鐵軌爬上月台，而比電車更早抵達車站的奈砂母親和大叔則會從剪票口……再這樣下去，我們會腹背受敵。

當我回過神時，喀噹喀噹聲的間隔逐漸趨緩，電車開始減速了。

「下車吧……」

「咦？」

「在下一站下車！」

有別於剛才在茂下站跳上電車時，這次我是刻意握住奈砂的手。瞬間，奈砂的體溫傳過來。

無論接下來發生什麼事，我都不會放開這隻手！

我下定決心，用力握住奈砂的手。

我望向鐵軌，祐介他們已經來到月台附近。

輕型車在車站前的小型圓環停下來，奈砂的母親和大叔衝出車門。

吱、吱吱、吱吱吱～～

隨著刺耳的剎車聲，電車緩緩滑進燈塔前站的月台。我知道在完全停止之前車門不會開啟，但還是忍不住乾焦急。

噗咻～車門發出滑稽的聲音開啟，我和奈砂對望一眼。

「走！」

我牽著她的手衝出車門。瞬間——

「奈砂！」

這道尖叫聲響徹月台。奈砂的母親不顧剪票口站務員的制止，凶神惡煞地朝我們過來。

接著，鐵軌的方向傳來——

「典道！你到底在搞什麼鬼！」

祐介一面咆哮，一面從鐵軌爬上月台。

被母親和祐介雙面夾攻，奈砂有些膽怯。

我用力拉扯她的手說：

「走這邊！」

我筆直朝著前方狂奔。車站旁的木頭柵欄幾乎都腐朽了，已經無法發揮柵欄的功能。我和奈砂鑽過柵欄的縫隙間，離開車站。

「用跑的！」

我更加用力地握住奈砂的手，身體轉向圓環反方向的坡道。

「嗯！」

背後傳來奈砂簡短的應答聲，從她的聲音中，可以感覺到贊同以外的情感，讓我覺得自己似乎突然成為一個強壯的男子漢。不過，「奈砂！站住！」「等等！典道！」這些聲音步步逼近，我連忙加速。

我回頭瞥了一眼，只見試圖跨越木頭柵欄的奈砂母親、再婚對象的大叔、祐介、純一、稔、和弘與年輕的站務員僵持不下。

「喂！你們在做什麼！」

「那是我的女兒！我的女兒她……」

「我們的朋友往那邊逃走了！」

「你們是沿鐵軌跑來的吧！」

「咦？不不不……」

「我要叫警察來囉！」

好機會！雖然他們待會兒還是會追來，但我們可以趁現在拉開距離。

我邊感謝素未謀面的站務員，邊爬上立著「前方五百公尺處　茂下燈塔」看板的緩坡。

不知不覺間，風變得冷了些。剛才搭乘電車時，天空中的橘色面積較大，但現在幾乎全都染上靛藍色。

再過不久，煙火大會就要開始了。

「欸！」

「幹嘛？」

「你要去哪裡？」

「不知道！」

「咦？」

「我說，我不知道！」

「什麼跟什麼？」

奈砂一面奔跑一面輕笑。帶著奈砂離開我家的時候，我們也說過一樣的話。當時的我同樣漫無目的，不知道該去哪裡。

剛才瞥見的看板閃過腦海。只要繼續在這條坡道上前進，就能抵達茂下燈塔。搞什麼，結果我還是照著和純一他們的約定，跑到燈塔來了嗎？我覺得有些好笑。這純粹是出於巧合，並非我原本的目的。

不，我根本沒有什麼原本的目的可言。

「可是……」

我頭也不回地對奈砂說道。

「咦？」

「我……就算……就算妳以後會離開，就算只有現在也好，我還是想和妳在一起！」

「……」

「……」

面對我一生一世的告白，奈砂並未回答，默默無語。我突然驚覺自己說的話有多麼肉麻。而且，我是鼓起莫大的勇氣才說出口，她卻毫無反應……實在遜斃了！

啊，我不該說的……此時，牽著奈砂右手的左手上傳來一股不同的觸感。

奈砂原本只是用平常的方式牽著我的手，卻暫且鬆開手，將指頭伸進我的手指之間。我可以感覺到她的五根手指使上力，而我也用力回握。

這麼一來，兩人的手便不會輕易分開。

【通往海邊的道路】

追丟了典道與奈砂的奈砂母親、男人、祐介、純一、稔及和弘一面四下張望一面奔跑。

佇立於遠方山地稜線上的風車葉片靜止不動。

煙火施放聲從海岸方向混著祭典的燈光和鼎沸的人聲傳過來。

純一：「啊，開始放煙火了啦！」

稔：「是圓的？還是扁的？」

和弘：「從這裡看不到啦！」

母親：「（對純一問）欸，他們跑去哪裡？」

純一：「呃，我不知道。」

此時，光石老師和三浦老師挽著手從前方走來。

三浦老師穿著浴衣。

光石：「咦？」

三浦：「唔？啊！」

純一等人也察覺了。

純一：「啊！」

三浦連忙放開光石。

純一：「哇！你們果然在交往！」

三浦：「不是啦！（扯開話題）你們在做什麼？」

稔：「還能做什麼？我們要去看煙火……啊，我們不去燈塔了嗎？」

三浦：「啊？」

純一：「對喔！還沒確認耶！」

一直沉默不語的祐介對稔所說的「燈塔」二字產生反應。

祐介：「！」

祐介奔向來時的方向。

和弘：「喂！你要去哪裡？」

祐介：「（邊跑邊說）燈塔！他們一定在燈塔！」

純一：「真的假的？」

母親：「是嗎？」

一行人奔跑離去，四周恢復寂靜。

三浦：「到底是怎麼回事？真是的……」

光石：「……咦？晴子，妳的胸部有這麼小嗎？」

三浦：「啊？」

光石：「也不是小，該說有這麼扁嗎？」

光石伸手去摸。

三浦：「幹什麼，變態！」

三浦賞了光石一巴掌。

爬上坡道之後，視野倏然拓展開來。

從佇立於沿海山丘上的茂下燈塔，可將海岸盡收眼底。或許是因為舉辦煙火大會之故，海岸上可見攤位的燈光與穿梭攤位間的人影。

浮在漆黑海面的茂下島上，些微的燈光映照出煙火師傅的身影。

煙火似乎尚未開始施放。

我們從車站一路跑來，兩人都氣喘吁吁，喘氣聲在幽暗的山丘上迴盪。

看來我們甩掉了奈砂的母親和祐介他們。

牽住的手其實可以放開了，但是我和奈砂都沒有鬆開手。不，就我的情況，是我不願意放開。

氣息逐漸調勻的奈砂抬起頭來。

「結果我們還是來了。」

「咦？」

「煙火大會。雖然遠了點。」

「是嗎……說得也是。」

四下無人的安心感與紛紛擾擾的諸事讓我完全忘記這個約定。奈砂似乎也一樣，與我相視而笑。

「既然來了，我們去上面看吧？」

「咦？」

我指著燈塔。

「咦？燈塔上面？可以爬上去嗎？」

「可以。」

我拉著奈砂的手，走向燈塔底下。

我伸手推動小門，只見門隨著一道金屬咿軋聲輕易地開啟。

奈砂戰戰兢兢地窺探燈塔內。

「哇，有樓梯！」

「雖然有點暗，但樓梯可以通到上面。」

「你怎麼知道？你進去過？」

「是啊，應該算是吧。」

「沒關係嗎？上面寫著相關人士以外禁止進入耶。」

「沒關係啦。再說，我們就是相關人士吧？」

「什麼跟什麼？胡說八道。」

我拉著邊說邊笑的奈砂走進門內。螺旋梯旁等間隔亮著白色的緊急逃生燈，空間相當狹窄，僅容一人行走，奈砂緊貼著我的背部，配合我的步調走路。

奈砂的氣息呼到我的脖子上，令我心跳加速又起雞皮疙瘩。

此時，牆外傳來「咻～砰！砰砰！」的聲音。

「啊……」

「煙火大會開始了。」

「好像是。」

「欸，典道。」

「咦？」

「煙火是圓的還是扁的？」

「啊？」

「今天大家不是在教室討論這個問題嗎？」

「啊，這麼一提，確實討論過……」

僅是四、五個小時前的事，對我而言卻宛若許久以前，或許是因為我一再往返同一段時間的緣故。

「煙火……當然是圓的啊。」

「是嗎？」

現在回想起來，我真不明白當時大家為何如此熱烈討論這種理所當然的問題。如和弘所說，火藥爆炸，不管從哪個方向看，煙火當然都是圓的。

剛才——說歸說，其實我的腦子一團混亂，根本分不清是什麼時候——我在這座燈塔上和祐介他們一起看到的扁平煙火是錯誤的。哪有這種世界？所以我才來搶回奈砂。

我和奈砂攜手同在的這個世界才是正確的。所以，煙火……

「一定是圓的。」

我們抵達螺旋梯盡頭的狹窄平台。

通往外頭的門後傳來的煙火爆裂聲，間隔越來越短。我記得這扇門生鏽了，打不開。

我覺得一旦放開手，我們便會就此分離，所以一直不願放手，但現在出於無奈，只能放開奈砂。我牢牢握住門把，用身體撞門。門猛然開啟，我的身體跟著衝出門外。

「哇！」

我險些跌倒，幸虧我反射性地握住眼前的扶手，才沒跌個狗吃屎。

「沒事吧？」

「啊，嗯，沒事。」

此時，海岸方向傳來「咻～」的聲音，我和奈砂同時轉動視線，只見一道小型煙火筆直地竄上夜空。

幾秒後，隨著爆裂聲，圓形的煙火將會在空中綻放……

我如此確信，握住扶手起身，來到奈砂的身旁。我突然好奇奈砂看煙火時會是什麼表情，偷偷瞄了她的側臉一眼。

奈砂的雙眼筆直凝視夜空，在黑暗中依然不失光輝的堅強眼神吸引了我。

同時，我的心頭湧上一股不安——我能和奈砂在一起多久？正面和負面的情緒在我的心裡交錯。

砰！砰砰！

煙火爆裂，奈砂的眼眸裡也映出煙火。在黑眼珠裡飛散的煙火……咦？這是什麼鬼東西？

「咦……？」

率先發出輕喃的是奈砂。

「咦？」

我連忙把視線從奈砂的側臉移向夜空……在夜空中往四面八方延伸的煙火呈現前所未見的形狀……這是什麼鬼東西？該怎麼形容？大大小小的煙火各自以不同速度在夜空中飛散，宛若帶有意志似地扭來扭去，看起來像是擁有生命的煙火在夜空中「蠢動」。

既不是圓的，也不是扁的，而是奇形怪狀。

「咦……這是什麼鬼東西？」

「我覺得……有點噁心……」

如奈砂所言，這樣的煙火既不美麗也不壯觀，給人的感覺只有噁心。

最近的煙火也有這種奇形怪狀嗎？難道是新型煙火？……我暗自尋思，但接連升上夜空的煙火都是大同小異，既不是圓的也不是扁的，而是狀若變形蟲。

「奈砂……」

「咦？」

「不對……這個世界不對……」

我第一次扔出那顆不可思議的珠子，和祐介他們在這座燈塔上看到的煙火……那個「世界」的煙火是扁的。我無法接受，又扔了一次珠子，以為這次和奈砂一起看的煙火會是圓的……必須是圓的。

我以為自己回到原來那個正確的世界，煙火是圓形的世界。

「煙火怎麼會是這種形狀……」

我茫然望著擴散於空中的詭異煙火，喃喃自語。

我在前一個世界的心願確實已經達成，搶回了奈砂。可是，這種噁心的煙火彷彿否定這一切。

我採取的行動和與奈砂同在的這一瞬間，莫非都是錯的嗎？

此時，我察覺有東西觸碰我的左手指尖。

仔細一看，是奈砂的雙手。

奈砂的雙手柔軟地包覆我垂下的左手。

「是什麼形狀都無所謂……」

「咦？」

「不管是圓的、扁的，或是這種奇怪的形狀。」

「……」

原先望著手的奈砂抬起視線，映在她眼中的是一臉混亂的我。

奈砂望著我的眼睛，輕聲說道：

「只要能和你在一起，什麼形狀都無所謂……」

直視我的眼眸中感覺不到絲毫迷惘。

我覺得自己必須說些什麼，搜索枯腸卻找不到隻字片語，感覺像被吸入奈砂的眼眸之中，飛向另一個地方。

奈砂的嘴角浮現些微笑意。

我的臉部肌肉也自然而然地放鬆，彼此相視而笑。

或許奈砂不覺得這個世界「奇怪」，只有我察覺了這個世界的「奇怪之處」。

不過這不重要，只要能和奈砂在一起，就算這個世界再奇怪……就在我如此暗想之際——

「啊！找到了！」

熟悉的聲音劃裂我們之間的空氣。

我把身子探出扶手，窺探下方，只見純一帶頭，接著是奈砂的母親、大叔和其他朋友，一行人正從坡道爬上山丘，奔向燈塔。

祐介在純一身後狠狠瞪著我。

「你在幹嘛啊！」

「奈砂！」

和弘的咆哮聲與奈砂母親的尖叫聲重疊。

「奈砂！妳在幹什麼！快下來！」

今天聽見這個聲音很多次，現在這是最宏亮也最情緒化的一次。

「喂！典道！」

「你在那裡幹嘛！」

「奈砂！」

「快下來！很危險！」

「你們是怎麼爬上去的啊！」

「啊，這裡開著！」

各種聲音參雜，但我分辨得出最後尖銳的聲音是稔的。位於燈塔正下方的稔打開半掩的門，窺探內部。

「喂！有樓梯！」

首先對他的聲音做出反應的是祐介。

和純一他們隔著一段距離望著我們的祐介奔向門口，接著，我看見奈砂的母親緊跟在祐介身後，消失於燈塔之中。

「喂！祐介！」

最後，純一他們和大叔也奔向門口。

刺耳的怒吼聲停止，爬上螺旋梯的腳步聲逐漸接近。

「怎麼辦……典道，該怎麼辦……」

奈砂發出不安的聲音。

「……」

混蛋，結果又變成這樣？無論煙火是圓、是扁還是噁心的形狀，無論在哪個世界，我都不能和奈砂在一起。當然，我知道我們無法離家出走，也無法私奔，頂多只有今天能夠在一起……我終究得回家，奈砂也一樣……可是，至少……在煙火大會結束前……我想和她在一起！

剛才電車通過平交道時，如果視線沒和祐介他們對上……如果沒被奈砂母親的車子追上……如果，如果……

「奈砂……我們去可以兩人獨處的世界吧。」

說著，我拿出口袋裡的「如果珠」。

「我要扔囉！」

「咦？」

我用左手抓住奈砂的手，右手使勁。

這次我們要去可以兩人獨處的「如果世界」。

「如果，如果……」

奇形怪狀的煙火再度綻放於眼前的夜空中。我高舉右臂，準備朝煙火扔出珠子。

「如果！祐介和奈砂的媽媽……」

砰！

如果珠離開右手的瞬間，背後的門猛然開啟。

「典道！」

同時，祐介衝了出來，狠狠撞上我和奈砂。

「！」

在祐介的撞擊下，我和奈砂整個往前傾。我伸出右手，想扶住扶手，卻剎不住車，手撲了個空。

「啊……」

視野翻轉，下一瞬間，我知道自己的身體浮在空中。

我和奈砂手牽著手，從燈塔往正下方的海面墜落……嗚哇啊啊啊！我會死嗎？就這樣掉進海裡死翹翹嗎？

底下的漆黑大海以驚人的速度逼近。

我不想死！

我撇開臉抗拒，看見我丟出的如果珠正朝著煙火飛去。

我想起剛才說到一半的話語，放聲大喊：

「如果！我能夠和奈砂在一起的話！」

如果世界・3

當我回過神來時，奈砂就站在我的眼前俯視著我。

「『你輕聲訴說，沒有不會天明的黑夜。』」

啊……這裡啊……我回到這裡了？

有別於第一次和第二次的「如果世界」，在這個第三次的世界，我確實有種「回來」的感覺。

搖搖晃晃的茂下電鐵車內，從窗戶可看見夕陽西沉的橘紅色天空，還有在眼前唱歌的奈砂。這不是似曾相識，我確實曾經待在這個地方。

「這是媽咪常在卡拉ＯＫ唱的歌，聽說是一個名叫松田聖子的人唱的，我從小聽到大就學起來了。」

「啊……這樣啊……」

這個含糊的回答我也還記得一清二楚。

「『煩惱憂慮的日子，哀傷挫折的時候，因為有你陪伴，我才能度過。』」

我一面聆聽奈砂的歌聲，一面思索。這和之前在電視上看到的《跳躍吧！時空……》什麼來著？我記得那是一個女孩重複度過同一天的故事。我不知道現在的狀況和那個故事是否一樣，不過，只要許下願望，扔出那顆「如果珠」……咦？

我感覺不對勁，看了左手一眼，發現手上空空如也。沒有「如果珠」……剛才和奈砂搭乘這輛電車的時候，明明還在我的左手。

第一次和第二次時光倒流的時候，是奈砂拿著那顆珠子。我望向奈砂，她的手上空無一物。我的口袋裡也沒有珠子。是掉在附近嗎？我環顧四周，但是沒看見任何相似的物品。

「幹嘛？你有沒有在聽啊？」

唱完歌的奈砂在我身旁坐下。

「啊，不……那顆珠子……」

「珠子？」

「就是妳說妳在海邊撿到的……」

「哦，大概是剛才搭電車的時候不小心弄丟了吧？」

「是這樣嗎……？」

我還記得在車站月台上，奈砂甩動被大叔抓住的手臂時，珠子脫了手。掉落地面的珠子看起來宛如慢動作畫面，一落到砂礫地面上，我立刻拔足疾奔。

接著，我牽起奈砂的手，跳上這輛電車……

莫非扔出那顆珠子，只能前往「如果世界」三次？雖然不知道是誰規定的，但或許採用的是類似回數票的機制。

若是如此，我已經無法離開現在所在的這個世界，到其他地方去了嗎？

「那是我在爹地那裡撿來的。」

「咦？」

「爹地……被沖上岸的地方……」

聽見奈砂開始談論父親，我立即猛省過來。開始這段談話不久後……我豎起耳朵，鏘鏘鏘鏘……平交道的聲音越來越近。

「快躲起來！」

「咦？為什麼？」

「別問了！」

我抱著困惑的奈砂肩膀，硬生生把她往前壓，和她一起做出前屈姿勢。

「到底怎麼了？」

奈砂高聲問道，但現在沒時間理會她，我在心中不斷祈禱電車快點通過。

平交道的警示聲音逐漸遠去，電車裡再度充斥喀噹喀噹聲。我打直身子，從車窗確認走過平交道的祐介他們，看到純一和稔嘻嘻哈哈地捉弄和弘，只有祐介停下腳步看著我們。不，從他那裡不可能看得見我們……應該沒問題。好，祐介他們這一關過了，接下來是……

「咦？媽咪！」

奈砂察覺了行駛於大海相反側道路上的輕型車。

奈砂的母親坐在那輛車的副駕駛座上，一面對著駕駛座上的大叔說話一面指著我們。接著，輕型車加快速度，追過了電車。

「怎麼辦？他們一定會在下一站攔截我們……我們又會被抓住……」

「不，應該沒問題……」

「咦？」

瞬間，隨著一道咿軋聲，電車大大地往右搖晃。

「哇！」

「呀！」

我們都站不住，我倒在地板上，奈砂則是倒向座位。

茂下電鐵的路線是從市內筆直通往終點站茂下站。

然而，現在電車卻朝著行進方向做了近九十度的轉彎。明明這條路線不可能有這種急轉彎。

電車仍然持續搖晃，但我勉強站了起來，觀看窗外。平行的道路逐漸遠去，電車在防波林中筆直前進，駛向大海。

對喔，這麼一來，我們就不會在燈塔前站被奈砂的母親他們逮住了。

沒有重蹈上一個世界的覆轍，讓我鬆一口氣。然而——

「典道，好像怪怪的……」

奈砂瞪大眼睛望著窗外。

「怎麼了？」

「你看。」

奈砂指向並排佇立的防波林。

從前社會老師明明說過：「茂下町的防波林是黑松。黑松樹幹筆直，耐汙染和鹽害，很適合用來當防波林。」但是，眼前的幾百棵黑松樹幹卻都歪七扭八，和在剛才的世界看見的煙火一樣詭異。

「這是怎麼回事……？」

「不知道……」

我嘴上這麼說，其實心裡隱約明白。

在我今天體驗的各個「如果世界」中，有的煙火是扁的，有的煙火是噁心的形狀，有的西瓜冰棒是圓筒形，有的風力發電機的葉片是倒著轉，全都和原本的世界不同。我們現在所處的這個「如果世界」大概也一樣，某些熟悉的風景或形狀變成另一種模樣。圓的變成扁的，直的變成彎的……所以，這些黑松的樹幹變得歪七扭八，筆直的鐵軌也變得彎曲，因此剛才電車才會急轉彎。

不過，若是如此，這輛電車究竟要駛向哪裡？

在我暗自尋思之際，窗外的奇妙防波林變得越來越稀疏。

下一瞬間，電車往前傾，我和奈砂的身體浮起來。往前一看，駕駛座的另一頭只有大海。

「咦……？」

身體再度搖晃。前傾的電車變為水平，宛若溜冰一般在海上滑行。剛才響個不停的喀噹喀噹聲完全止息，寂靜造訪了車內。

「真的假的……」

「……現在電車是在海上行駛嗎？」

「……好像是。」

我望向窗外，茂下海岸就在旁邊。

海岸上擠滿等待煙火施放的人群，另一頭則是連綿不絕的祭典攤位燈光。我轉向對側的車窗，只見茂下島浮在海灣正中央，上頭有些看似煙火師傅的人。

原來如此，在這個世界，電車是橫越茂下灣在海上行駛……若是如此，這輛電車的目的地是……想到這兒，我總算明白第三次的「如果世界」裡為何沒有「如果珠」。

今天一再應我的祈求重複上演的「如果世界」。

我想，這應該是最後一次了。

剛才我在燈塔上扔出那顆珠子的時候，祈求的是「如果我能夠和奈砂在一起的話」。這個願望確實達成了，我現在的確和奈砂在一起，沒被祐介他們或奈砂的母親逮住。

不過，我在許願時遺漏了一個詞。

其實我應該這麼說——

……如果我能夠「永遠」和奈砂在一起的話……

「咦……為什麼……？」

我來到把臉湊近車窗眺望海岸的奈砂身旁，彷彿在核對答案般對她說：

「……因為我扔出了那顆珠子。」

「咦？」

「就是妳在妳爸那裡撿到的那顆珠子。」

「……我不知道你在說什麼。」

「……如果……如果有顆珠子只要一扔出去，就可以帶妳回到妳想回去的地點和時間……妳會怎麼做？」

「怎麼可能？」

「我是說如果啦，如果。」

「……你突然這麼問……我也不明白。」

「妳會想回到爸爸過世之前嗎？」

「咦……？」

「其實我扔過……那時候……」

「……什麼時候？」

「不只一次……我扔了好幾次。」

「……是嗎？」

「放學後，妳不是在妳家附近的Y字路被妳媽發現，而被帶了回去嗎？」

「……咦？」

「那是我第一次扔出珠子。」

「等等，你在說什麼？」

「妳不記得嗎？」

「我不知道，那是什麼時候的事？」

「今天。」

「今天？」

「傍晚。」

「現在就是傍晚啊。再說，我險些被媽咪帶回去是在車站發生的事吧？剛才搭上電車前。」

「不是，那是第一次的如果世界……我是說，今天已經重複上演很多次。妳不記得嗎？」

「我不知道你在說什麼。典道，你怎麼了？」

「因為我扔出了那顆珠子……」

「……」

「妳相信嗎？」

「……」

「……這麼離譜的事，妳當然不相信吧。」

「……你好好說明給我聽。」

「好……奈砂，妳是因為我游泳贏了祐介，才約我去看煙火，對吧？」

「……對。」

「其實我輸給了祐介。」

「……」

「起先妳是約祐介去看煙火。」

「和安曇？我才不要，不可能。」

「可是妳一開始約的人真的不是我，而是祐介。然後，妳跑去祐介家，但他放妳鴿子，去他家的人是我……後來，妳和我一起散步的時候，被妳媽逮住了，那時候我撿到妳掉在地上的珠子，用力扔出去……同時想著如果我游泳贏了祐介的話……然後，四周就突然唰啊啊啊啊……」

「唰啊啊啊？」

「應該不是唰啊啊啊……是噔噔噔噔……」

「你的詞彙未免太貧乏了吧？」

「囉唆……總之，我回過神來以後，發現自己在游泳池裡游泳……這次是我贏了……所以妳就約我一起去看煙火……可是……」

「這次換成你放我鴿子？」

「我沒有放妳鴿子啦！但發生了很多事……在我們快搭上電車的時候，妳又被帶回去。妳媽和她的再婚對象把妳帶走……」

「然後呢？」

「然後，我就和祐介他們去燈塔看煙火，當時的煙火是扁的……我心想：不可能，煙火怎麼會是扁的，這個世界不對，所以又把珠子扔出去……同時想著如果我和妳搭上了電車的話……」

「……然後呢？」

「然後，我們及時搭上電車，可是這次被祐介他們發現，妳媽也追上來。不過我們擺脫大家，跑去燈塔……這次煙火不是圓的，也不是扁的，而是像變形蟲一樣的噁心形狀。我覺得這個世界也不對……」

「所以你又扔出珠子？」

「嗯……」

「扔的時候你在想什麼？」

「咦？啊……這個嘛……呃……」

「說啊。」

「咦……嗯，呃……如果我能夠和妳……」

「咦？我聽不見。」

「……我說！如果我能夠和妳在一起的話！」

「……」

「……我扔的時候是這麼想的……」

「……然後，現在就在這裡了？」

「……嗯。」

「那電車為什麼在海上行駛？」

「呃，我猜……大概是因為在剛才的世界裡，妳媽在燈塔前站攔截我們，所以……」

「所以電車就為我們轉彎了？」

「應該是……這麼離譜的事，妳大概不會相信吧……」

「……所以，這個世界是你製造出來的囉？」

「不，不是我製造的。不過這個『如果世界』和原本的世界不太一樣，煙火有時候是扁的，有時候是奇形怪狀，我也搞不太懂……」

「唔……」

「所以說，奈砂。」

「咦？」

「奈砂，如果妳能夠回到想回去的時候，妳會怎麼做？」

「咦？」

「不，呃……我只是在想，妳撿到那顆珠子的地方，就是……妳和妳爸爸見最後一面的地方，對吧？」

「嗯……」

「所以我猜想，雖然珠子都是我在扔……但其實妳爸爸應該是想把珠子交給妳……呃，該怎麼說呢？我不是在講鬼魂或幽靈之類的事，我自己也不太懂……或許有另一個世界，妳爸爸現在就在那個世界，他想和妳見面……」

「咦？那我們現在是來到死後的世界嗎？」

「不不不，我不是這個意思……該怎麼說呢……我的意思是，如果……如果妳爸在海邊沒有……呃……」

「沒有死？」

「……嗯。」

「……」

「……」

「……我不會回去的。」

「咦？」

「爹地過世，我當然覺得寂寞，現在也很想念他……」

「嗯……」

「可是，要是我這麼做，爹地會難過的。」

「……為什麼？」

「因為我現在也常在海邊和爹地見面，和他說話。」

「……」

「只要遇上任何開心的事或不愉快的事，我就會去海邊，和爹地說話，告訴他發生了什麼事。」

「……」

「這種時候，我都會聽見爹地的聲音混在波浪聲之間，從大海的另一頭傳過來。不過，他每次說的話都一樣。」

「……他說什麼？」

「活下去。」

「咦？」

「活下去，我每次聽見的都是這句話。」

「……」

「今天早上也聽見了。」

「……」

「所以，不要緊。」

「……」

「我不要緊的，典道。」

「……」

「……咦？你在哭嗎？」

「……沒有。」

「你明明在哭！轉過來！」

「不要！」

「轉過來。」

奈砂抓住我的肩膀，硬生生地將我的身體轉過來。打從剛才開始，我就哭得一把鼻涕一把眼淚，我不願被她看見這副模樣，垂下了頭。

「再說……」

「什麼？」

我用手擦乾眼淚之後才望向奈砂。只見大滴的淚珠奪眶而出，弄濕了她的臉龐。

「要是回到一年前，我又會變得比你矮了。」

奈砂一面流淚，一面對我露出絕美的笑容。

今天一整天我一直仰望奈砂，這是我所見過的表情中最可愛的面孔。

橫越茂下灣之後，電車再度轉了個大彎。

不久後，電車開始減速，隨著剎車聲緩緩停下來。

抵達的車站是……茂下站。

這個世界的茂下電鐵行駛的路線似乎並非直線，而是一個大大的圓形，一直在同一個地方打轉，大概如同東京山手線——雖然我沒看過也沒搭過——的超迷你版吧。

車門開啟，我和奈砂走下月台。

「又回來了。」

「嗯。」

我環顧四周，想看看「如果珠」有沒有掉在附近，但是什麼也沒看見。

「就算搭電車，也去不了任何地方。」

「嗯……」

「都是因為你扔出了那顆珠子。」

「是啊……」

我們不約而同地仰望天空，只見天空幾乎全都染上靛藍色，僅剩下些微的淡橘色。

再過不久，今天最後的煙火大會就要開始了。

走出無人的剪票口一看，我的腳踏車就靠在車站外的牆壁上。

我忍不住笑了。

這麼一提，雖然已經分不清是什麼時候的事，但我就是騎著腳踏車載著奈砂來到這裡。當時的我漫無目的，只是拚命踩著這輛腳踏車，如今祐介他們和奈砂母親他們都不會再追來了。

我扶起宛若在等待我們歸來的老舊腳踏車，對奈砂說道：

「走吧。」

「嗯。」

我們騎下通往大海的平緩坡道，環顧這個世界的奇異景色。

沿著道路生長的樹木和剛才看到的黑松防波林一樣歪七扭八，櫛比鱗次的老房子牆壁也不是直立的，而是像從前在繪本上看到的糖果屋一樣圓滾滾的。轟立於山地稜線上的風力發電機葉片層層疊疊，有的縱向轉動，有的橫向轉動；高掛於葉片上方的月亮和在剛才世界裡看到的煙火一樣，呈現噁心的怪異形狀。

「欸。」

奈砂從身後對我說話。

「幹嘛？」

「這個世界是你創造出來的嗎？」

「我不知道，或許是吧。」

「你不覺得這就像《愛麗絲夢遊仙境》嗎？」

「什麼跟什麼？」

「我是愛麗絲，你是白兔。」

「啊？」

「這麼一提，那隻白兔也有扔東西。是石頭？還是珠子？」

我知道書名，也知道大概的內容，不過對於打從懂事以來只看《週刊少年ＪＵＭＰ》的我而言，這種女孩子愛看的故事書實在與我無緣。

「那個故事後來怎麼了？」

「咦？」

「那是個叫愛麗絲的女孩夢遊仙境的故事吧？」

「你根本只是把書名重說一次嘛。」

「囉唆。所以最後的結局是什麼？」

「……是什麼呢？我忘了。」

之後，我們沉默好一陣子，只是騎著腳踏車往前奔馳。

雖然這個世界映入眼簾的一切都是如此怪異，但是，海風帶來的舒爽感卻依然如昔。

今早，當我一如平時地踩著這輛破腳踏車衝出家門、騎下通往海邊的坡道時，也吹過這樣的風。如此暗想的瞬間，一股莫名的微小恐懼侵襲了我的心。

今天原本該是個平凡無奇的暑假日，可是我再也回不去了……

雖然能夠和奈砂在一起很開心，但是祐介他們、爸媽和學校怎麼辦？我再也見不到他們了嗎？再也不能和他們一起胡扯、挨媽媽罵、在學校玩耍、吃最愛的隔夜咖哩嗎……

「如果……」

背後傳來奈砂的聲音。

「如果你再扔一次珠子，說想回到原本的世界，會變得怎麼樣呢？」

「咦？」

在這個世界，奈砂能夠看穿我的心思嗎？

一瞬間，我不禁如此暗想，又努力平靜下來回答：

「這個嘛……應該就會回到原本的世界吧。」

「這樣啊……」

或許奈砂也正和我思考同樣的問題。剛才奈砂說她忘記愛麗絲最後怎麼了，但是這類故事的結局，應該不是前往仙境以後就一去不返吧。雖然不知道愛麗絲回到原本的世界以後變得如何，但奈砂或許是把愛麗絲投射到自己身上了。
若是如此，回到原本的世界以後，奈砂……
「可是，要是回去……」
「唔？」
「妳就會離開吧？」
「……」
「我不要……我寧願留在這個奇怪的世界，和妳在一起。」
「……」
奈砂依然保持沉默。
如果我們正面相對、四目相交，這種肉麻話我一定說不出口，不過，像現在這樣共乘一輛腳踏車，面向前方，或許海風就會把我的話語和真正的心意傳達給奈砂。我先在心裡練習一下吧……
「奈砂……我……」
不，我說不出口！說得出來才有鬼！

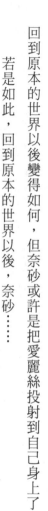

腳踏車騎下坡道，彎向沿海道路時，背後終於傳來聲音。

「欸，你想不想游泳？」

我照著奈砂的要求，來到茂下海岸的郊外。

我們踩著摸索的腳步，並肩走下昏暗的混凝土階梯。

絕大多數的茂下町居民都擠在對岸等待欣賞煙火，祭典攤位的燈光連綿不絕。

「哇，這邊果然一個人也沒有。」

雖然看不見奈砂的表情，但她的聲音聽起來莫名開朗。

當布鞋的觸感從混凝土轉變為木棧道時，我總算知道這裡是什麼地方。今早，我就是在這裡看見佇立於灘線上的奈砂……換句話說，這裡是奈砂見父親最後一面的地點。

從對岸遠遠傳來的喧囂聲夾雜著細微的波浪聲。

此時，奈砂開始窸窸窣窣地脫鞋。

「喂，妳真的要游泳嗎？」

奈砂充耳不聞，從木棧道走下沙灘以後，回過頭來。

接著，她抓住黑色洋裝的裙襬，緩緩往上掀。

「！」

奈砂的身影一團黑，我看不清楚，卻看得出包覆她身體的顏色從黑色變成帶有光澤的淡銀色，而她的臉龐反射著銀色光芒，浮現於黑暗之中。

奈砂看著我，露出像是害臊、像是靦腆，又像是帶著笑意的表情。

我不知道該如何是好，忍不住撇開視線，而奈砂背過身奔向大海。

「喂！」

我忍不住追上去。

奈砂是赤腳，但我穿著布鞋，容易被沙子絆腳，因此雙方的距離逐漸拉開。

「等一下！」

我呼喚，可是啪沙啪沙的踏浪聲掩蓋我的聲音。不久後，踏浪聲消失了，當我來到灘線時，只剩下原本的細微波浪聲。我的腳踝浸泡到海水裡，布鞋也變得濕答答，但是我擔心不見人影的奈砂，完全顧不得這些。

「喂！奈砂！喂～！」

眼前只有猶如墨汁溶化的漆黑大海靜靜地起浪。

這時，奈砂突然衝出十五公尺前方的水面。

「！」

奈砂直立於海中，連看也沒看我一眼，長髮黏在她的臉上。

這番出乎意料的行動令我愣在原地。

「妳別這麼亂來行不行？」

我好不容易才發出聲音。

然而，奈砂並未轉向我，而是抬頭仰望天空。

「欸，典道。」

「幹嘛？」

「不知道這個世界的煙火是什麼樣子？」

「咦？」

「是圓的？扁的？還是歪七扭八的奇怪形狀？」

「嗯……」

站在灘線上的我和待在海中的奈砂之間的距離帶給我一股焦慮。

今天，在反覆重演的世界中，我和奈砂被拆散了好幾次，而我也搶回奈砂好幾次。如今，我們好不容易可以在這個世界獨處……

不，等等。如果是現在……在這種看不清彼此臉龐的距離，或許我就能把剛才在腳踏車上難以啟齒的話語說出來。不，我必須說！在煙火升空之前！

「……奈砂！」

聲音大得連我自己都嚇一跳。聽見我的呼喊，仰望天空的奈砂轉過頭來。

「咦？」

雖然我開口呼喚，奈砂也轉過頭來，下一句話卻說不出口。

「啊，不……」

「幹嘛？」

再過不久就要放煙火了，到時無論是什麼形狀，我們的注意力都會被煙火吸引；在夜空中迸裂的煙火照耀下，我們也會看見彼此的表情。

接下來我要說的話，可不是看著奈砂的臉龐還說得出口的話語。今天一整天，我做了許多漫畫主角般的事，這是從前的我絕對無法想像的。

可是，和待會兒我要做的事情相比，現在我卻緊張到先前自己所做的那些事全都顯得微不足道的地步。

「幹嘛？說啊。」

奈砂的語氣變得稍微強硬了些。

只能說了，我要說了。說吧，快說！

我涉水走進海裡，好讓奈砂能夠聽得更清楚。

接著，我大叫：

「奈砂！我好……」

話才剛起頭，我便看見奈砂的背後有好幾顆小火球咻一聲竄上夜空。

「！」

「！」

我和奈砂同時望去。

火球拖曳著光亮的尾巴，緩緩升向上空。

我和奈砂的視線也跟著逐步往上攀升。

這是今天第一次從下方觀賞煙火。

不久，火球的速度減緩，在達到頂點的下一瞬間，煙火於夜空中迸裂開來。

砰！砰砰！

往四面八方飛散的煙火，以均等的速度描繪出平緩的弧線，擴散於夜空中。

「啊！」

「啊啊！」

煙火的形狀……既不是扁的，也不噁心，而是漂亮的圓形。

隨著最初的一發煙火，火球爭相竄升，五彩繽紛的煙火在夜空中接二連三地綻放。

每道煙火……都是圓的。

我們仰望夜空中接連綻放的圓形煙火片刻——不，我們也只能仰望——直到聽見海岸上的人群發出「哇～～！」「好漂亮！」之類的呼喊，才逐漸回過神來。

「咦……？」

「……是圓的耶，典道。」

「……為什麼？」

對照先前的「如果世界」規則……雖然我不知道規則到底存不存在，但如果存在，這個世界的煙火不可能是圓的。

試想，原本該筆直前進的電車轉了彎，樹木的形狀變得那麼詭異，其他物體也變得奇形怪狀，照理說，我們不可能看到原本世界的圓形煙火……這麼說來，這裡是……

「回來了……」

「咦？」

「或許我們回到……原本的世界……」

我連忙望向大海另一側的陸地。

佇立於山坡上的房屋並不是糖果屋形狀，而是方方角角。

周圍的樹木筆直矗立，在山地稜線上轉動的風力發電機葉片全都是熟悉的形狀，以順時針方向旋轉。高掛在葉片上方的月亮……也是圓的。

有人扔出了如果珠嗎？不過在剛才的世界，我從燈塔上扔出的珠子應該掉進海裡了。

不然，是什麼緣故？

砰！砰砰！砰！砰！砰砰！

宛若在嘲笑腦袋一片混亂的我，圓形煙火在夜空中持續綻放。

倘若「如果世界」真的有規則存在，莫非……莫非那顆珠子回到原來所在的海中以後，就像遊戲重啟一樣，「如果世界」也重啟為原本「沒有如果的世界」？

啪沙啪沙！

混在煙火聲中傳來的是奈砂用海水潑臉的聲音。

奈砂一再重複這個動作，像是要甩去心中的迷惘。

不久後，奈砂停下手，緩緩轉向我。

煙火的光芒照亮了奈砂潮濕的臉龐。

奈砂帶著似哭又似笑的奇妙表情，對我說道：

「……該說再見了。」

「咦？」

一瞬間，我無法理解奈砂所說的「再見」兩字，但那悲傷的語調立刻令我聯想到「再見」的意思。

剎那間，「真正的世界」發生的一切，逐一在我的腦海中重現。

廁所月曆上標示的「煙火大會」字樣，女主播的聲音，咖哩上的蛋黃，騎著老舊腳踏車衝下的坡道與海風，站在閃亮灘線上的奈砂，奈砂在教室裡看著我的眼神，穿著泳衣躺在游泳池畔的奈砂，從她胸口飄然飛向空中的蜻蜓，拿起在海邊撿到的珠子給我看的手，說著「五十公尺？我也要比」的聲音，三人跳入游泳池後濺起的水花，奈砂游在前頭的背影，奈砂折返朝著我游來時的眼神……沒有戴蛙鏡的那雙眼睛確實看著我。

奈砂在看著我，從很久、很久以前，就一直……

右腳突然感覺到一陣鈍痛。

把腳從海裡抬起來一看，腳跟上的傷口脫皮了，變成淡粉紅色。

我們回來了……真的……回到原本的世界……

這麼說來……奈砂就要……

仔細一看，奈砂……正望著我，露出笑容。然而，她的眼裡浮現了並非海水的水滴，隨時要奪眶而出。

「哇啊啊啊啊啊！」

連我也不知道自己到底怎麼了，我一面大吼一面脫下T恤和布鞋，朝著奈砂拔足疾奔。

面對我突如其來的行動，奈砂一瞬間顯得困惑。我想用力抱住她，但是水突然變深，我的腳步一踉蹌，反倒推倒了她，兩人一起沉入海中。

在上空持續綻放的煙火光芒照亮夜裡的幽暗大海。

在空中飄舞的煙火飛沫溶入水中的泡泡，我們彷彿置身於煙火之中。

這是我和奈砂的「兩人世界」，在這裡，一切都以慢動作呈現。

我和奈砂的身體在水中煙火之中漂蕩。

此時，奈砂抓住我的雙手。她的手與我的手緊緊交握，奈砂注視著我的眼睛。

我也睜開眼，望著奈砂的眼睛。

即使沒有戴蛙鏡，我也能在水中清清楚楚地看見奈砂的臉龐。

奈砂望著我微笑，緩緩把臉湊向我。

接著，奈砂閉上眼睛，更加緩慢地將她的臉靠過來……將自己的嘴唇疊上我的嘴唇。

「！」

奈砂突然且大膽的行為，不！有生以來第一次的……接吻，完全超出我的負荷範圍。一瞬間，僅僅那麼一瞬間，我覺得奈砂的嘴唇觸感像滑嫩的蛋黃，但是，初吻的混亂讓我無暇繼續細想，陷入急性缺氧狀態的我立刻放開奈砂的嘴唇，把臉探出海面，呼吸空氣。

我為了呼吸新鮮空氣，朝著天空張大嘴巴，只見整片夜空都是盛開的圓形煙火。

果然，高空煙火從下方看也是圓的。這麼說來，從側面看也是圓的囉……

雖然這是早該明白的道理，或許現在在茂下燈塔從側面觀賞煙火的祐介他們也有同樣的念頭吧。

我如此暗想，把頭轉向燈塔，冒出海面的奈砂映入眼簾，我忍不住撇開視線。

雖然是奈砂主動的，但我實在不知道該如何面對剛才和自己接吻的她。

「哇！好漂亮！」

奈砂完全沒把我放在心上，面向空中的煙火，翻身躺在水面上。

她的身體沉入了海中，只有臉龐浮在海面上。

「好壯觀……就像身在煙火中一樣……」

奈砂喃喃說出我剛才在海中也有過的想法。

這件事讓我感到安心，和奈砂一樣躺在海裡，只有臉浮在海面上。

搖晃的波浪自然而然地縮短我和奈砂之間的距離。

煙火依然在夜空中圓圓地綻放著，但煙火並非永遠不會結束。

再過幾十分鐘，煙火大會就結束了。

海岸上的人群將會各自踏上歸途。

燈塔上的祐介他們也會回到自己的家。

我和奈砂也一樣。

因為十三歲的我們沒有其他歸宿。

像今天這樣，在某處存在著另一個世界的情況不會再發生了。

奈砂依然仰望著夜空中的煙火，對我說道。

「欸，典道。」

「咦？」

我想轉向奈砂，不過又怕海水灌進鼻子和嘴巴裡，因此和奈砂一樣保持仰望的姿勢。

「下次我們會在什麼樣的世界見面呢？」

「……」

「好期待喔。」

說著，奈砂側過身子，緩緩朝海灘游去。

波浪反射的煙火光芒，溶化了遠去的奈砂。

我只能凝視著她美麗的身影。

不，即使我想說什麼，奈砂越游越遠的背影似乎都拒絕傾聽。

奈砂朝著沒有「如果」的「唯一世界」堅定地邁進。

如果……如果我有機會再次和奈砂見面，無論那是什麼樣的世界，我都要好好表明自己的心意。就像扔出那顆「如果珠」時一樣，大聲呼喊……

「奈砂，我好喜歡妳！」

後記，或說是後語

我的本行是電視連續劇和電影的導演……

「後記」本來是供讀者沉浸於小說餘韻中的地方，突然聽我沒頭沒腦地這麼說，或許各位讀者會感到困惑，不過還是請大家姑且聽聽吧。

這部《煙花》本來是二十四年前的電視連續劇。

這部連續劇後來被改編成動畫電影，由我撰寫腳本。當時，我在角色和設定上做了些更動，並且增添後半部分的故事。

具體來說，就是典道和奈砂從小學生變成國中生，本來只有一次的如果世界變成好幾次，連續劇中並不存在的「如果珠」登場……

哎，換句話說，就是配合改編動畫進行了一些調整，有多許地方和岩井俊二先生的原創世界觀也大為不同。

這次出版社問我「要不要執筆小說版」的時候，我起先是一口回絕：「我從來沒寫過小說，做不到！」不過，後來我改變了想法。

「對於更動過的原作連續劇角色、設定和後半部的新故事，我應該有責任吧？」

所以，為了負責到底，我決定跨行寫小說。

也因此，這部小說有許多筆法拙劣及語焉不詳的地方。

尤其是有別於一般小說，突然變成腳本文體的部分，想必有不少讀者讀了以後覺得莫名其妙吧。

這是因為整部小說都是以典道的視角在進行，典道不在場或他沒看見的場景，我實在不知道該怎麼寫才好，所以乾脆照著腳本寫！

上述這段辯解之詞其實一點也不重要，我想說的是，由於這本來就是用來製作連續劇和動畫——換句話說，是用來製作影像作品的故事，因此內容非常影像化。這說來也是理所當然的。

相信也有讀者還沒看過連續劇或動畫就先接觸這本小說。這當然是一件值得感謝的事，不過如果可以，希望讀者也能夠一併觀看連續劇或動畫。

這麼一來，閱讀小說時腦中浮現的景色和登場人物就會變得更為具體，看到我這個外行作家寫得不清不楚的部分時，也能夠恍然大悟：「哦，原來是這個意思啊。」

不，應該這麼說，請讀者務必一併觀看連續劇和動畫！

雖然我在小說中已經非常努力地描寫了，但是，典道這種國小或國中男生和女生之間的微妙距離感，以及愛在心裡口難開的情愫，還是透過影像才能充分表現出來。

最重要的是奈砂！

連續劇的奈砂和動畫的奈砂都是超級霹靂可愛，超級霹靂迷人！

請讀者務必透過連續劇、動畫、小說這種三位一體的組合，來享受《煙花》這部作品！

啊，最後，對於這部作品的原創者岩井俊二先生、製作動畫電影版的新房昭之導演與所有工作人員、擔任電影企畫與製作人的川村元氣先生、連續劇和動畫的所有相關人士，以及最重要的——拿起這本小說的各位讀者，我要對你們說一句話……

我好喜歡你們！

二〇一七年五月
大根仁

音樂著作名稱：Ruriirono Chikyu
作者：Takashi Matsumoto / Natsumi Hirai
OP：Sun Music Publishing Inc.
SP：Sony Music Publishing (Pte) Ltd. Taiwan Branch

國家圖書館出版品預行編目資料

煙花 / 岩井俊二原作 ; 大根仁作 ; 王靜怡譯.
-- 初版. -- 臺北市 : 臺灣角川, 2017.09
面 ; 公分. -- (角川輕.文學)
譯自 : 打ち上げ花火、下から見るか?横から見るか?
ISBN 978-986-473-907-3(平裝)

861.57 106014539

輕文學
Light Literature

煙花

原著名＊打ち上げ花火、下から見るか？横から見るか？

原　　作＊岩井俊二
作　　者＊人根仁
譯　　者＊王靜怡

2017 年 9 月 14 日　初版第 1 刷發行
2024 年 5 月 3 日　初版第 16 刷發行

發 行 人＊台灣角川股份有限公司
總　　監＊呂慧君
總 編 輯＊蔡佩芬
主　　編＊李維莉
設計指導＊陳晞叡
美術設計＊邱靖婷
印　　務＊李明修（主任）、張加恩（主任）、張凱棋、潘尚琪

台灣角川

發 行 所＊台灣角川股份有限公司
地　　址＊104 台北市中山區松江路 223 號 3 樓
電　　話＊（02）2515-3000
傳　　真＊（02）2515-0033
網　　址＊www.kadokawa.com.tw
劃撥帳戶＊台灣角川股份有限公司
劃撥帳號＊19487412
法律顧問＊有澤法律事務所
製　　版＊尚騰印刷事業有限公司
I S B N＊978-986-473-907-3

※ 版權所有，未經許可，不許轉載。
※ 本書如有破損、裝訂錯誤，請持購買憑證回原購買處或連同憑證寄回出版社更換。

Fireworks, Should We See It from the Side or the Bottom?
©Shunji Iwai, Hitoshi One 2017
© 2017 TOHO / Aniplex / SHAFT / KADOKAWA / TOY'S FACTORY / JR Kikaku / Lawson HMV Entertainment / LINE
First published in Japan in 2017 by KADOKAWA CORPORATION, Tokyo.
Complex Chinese translation rights arranged with KADOKAWA CORPORATION, Tokyo.